Heyne · Tanea – Tochter der Wölfin

Isolde Heyne

Tanea
Tochter der Wölfin

Loewe

Die Deutsche Bibliothek – CIP-Einheitsaufnahme

Heyne, Isolde:
Tanea – Tochter der Wölfin / Isolde Heyne.
1. Aufl. – Bindlach: Loewe, 1993
ISBN 3-7855-2575-3

ISBN 3-7855-2575-3 – 1. Auflage 1993
© 1993 by Loewes Verlag, Bindlach
Umschlagillustration: Ines Vaders-Joch
Gesamtherstellung: Offizin Andersen Nexö, Leipzig
Printed in Germany

Tanea!"

Der Schrei riß das Mädchen aus ihren Gedanken. Sie ließ das Steinmesser sinken, mit dem sie die Rückseite eines kleinen Tierfelles säuberte. Dann sprang sie auf und rannte vor die Höhle. Aus welcher Richtung war der Ruf gekommen? Er hatte anders geklungen als sonst, wenn Ezuk mit Jagdbeute heimkehrte. Tanea lauschte mit angehaltenem Atem und hoffte, Ezuk werde noch einmal nach ihr rufen. Vielleicht war seine Beute zu groß, und er konnte sie nicht allein in die Höhle schleppen?

Als kein weiterer Ruf kam, wurde Tanea unruhig. Hatte es nicht eher wie ein Schrei geklungen? War etwas geschehen? Warum rief Ezuk nicht noch einmal?

Unschlüssig entfernte sich Tanea ein Stück von der Wohnhöhle. Ezuk hatte ihr eingeschärft, niemals weit wegzugehen, ohne es ihm zu sagen. Aber jetzt war er nicht hier, und sie hatte ihn rufen hören. Ganz deutlich. Warum rief er nicht noch einmal?

Je länger sie darüber nachdachte, desto sicherer wurde sich Tanea: Das eben war ein Hilferuf. Ezuk brauchte sie. Ihm war etwas zugestoßen. Sie mußte zu ihm. Aber aus welcher Richtung war der Schrei gekommen?

Tanea ging zur Wohnhöhle zurück und versuchte, von dem erhöhten Punkt aus etwas zu erkennen. Da sie nichts sah, was anders war als sonst, überlegte sie: Ezuk ging weg, als die Sonne aufging. Ich mußte blinzeln, als ich ihm nachschaute. Es wird bald dunkel sein. Ezuk kommt oft zurück und hat die Sonne im Rücken. Ich werde in dieser Richtung nach ihm suchen.

Tanea machte sich auf den Weg. Sie hatte ihr Steinmesser in den Gürtel gesteckt und auch ihre Wurfschleuder mitgenommen. Ganz geheuer war es ihr nicht, den Umkreis der Höhle in der anbrechenden

9

Dämmerung zu verlassen. Was war, wenn sie sich getäuscht hatte und Ezuk nun nach ihr suchte, weil er sie in der Höhle nicht vorfand?

Tanea lief auf dem schmalen, kaum erkennbaren Pfad entlang, den Ezuk oft benutzte. Immer wieder drehte sie sich um und lauschte, ob sie etwas hörte. Als sie den Pfad kaum noch erkennen konnte, kehrte sie um. Sie hoffte, Ezuk in der Wohnhöhle vorzufinden.

Tanea schob die schwere Lederhaut beiseite, welche die Höhle während ihrer Abwesenheit sicherte. Ihre Enttäuschung war groß. Ezuk war inzwischen nicht gekommen. Das Feuer glimmte nur noch. Schnell blies Tanea ins Feuerloch und legte trockenes Holz auf. Sie hatte vorhin nicht darauf geachtet und war gleich losgerannt, als sie den Schrei Ezuks gehört hatte.

Es dauerte lange, bevor das Feuer wieder ordentlich brannte. Tanea saß der Schreck darüber in den Gliedern. Sie wußte, wie lange es dauerte, ein Feuer neu zu entfachen. Erst recht in der Dunkelheit, die nun herrschte. Ob sie überhaupt ein Feuer zustande gebracht hätte, bezweifelte sie. Ihre Hände zitterten, und die Beine waren ganz kraftlos.

Wo war Ezuk geblieben? Warum kam er nicht? Er war doch in der Nähe? Es war dunkel geworden, und er wußte doch, wie sehr sie sich vor der Dunkelheit und den Tieren fürchtete, die nachts ganz nahe an die Höhle heranschlichen.

Tanea legte auf die Lederhaut am Höhleneingang schwere Steine. Das würde Lärm machen, wenn jemand in die Höhle eindringen wollte. Sie würde davon aufwachen, falls sie einschlief.

Noch nie, so lange sich Tanea zurückerinnern konnte, war sie nachts allein gewesen. Immer hatte sie Ezuks beruhigende Schlafgeräusche gehört, wenn sie nachts aufgewacht war. In dieser Nacht würde sie allein sein. Tanea gab die Hoffnung auf, Ezuk würde so spät noch in die Höhle zurückkehren. Angstvoll lauschte sie auf jeden Laut, auf jedes Geräusch, daß von draußen in die Höhle drang. Es war nicht anders als sonst auch. Der Wind war vielleicht etwas stärker, und es würde wahrscheinlich bald regnen.

Tanea zog ihre Felldecken an die felsige Wand der Höhle, als suche sie dort Schutz. Immer wieder legte sie trockenes Holz auf das Feuer, das sonst um diese Zeit längst sorgfältig abgedeckt war. Als sie Hunger bekam, aß sie ein paar getrocknete Beeren und Wurzeln.

Noch einmal wagte sie sich zum Höhleneingang, um nach draußen zu lauschen. Dabei fiel ihr Blick auf die Kerben, die Ezuk jedesmal zur Schneeschmelze in den Stein geritzt hatte. So lange lebten sie schon in dieser Höhle. Tanea wußte von Ezuk, daß er die erste Kerbe in den Stein gemacht hatte, als sie ihre ersten Schritte allein getan hatte. Sie legte die Finger einer Hand auf die Kerben und noch einmal die der anderen Hand. Für den letzten Finger der zweiten Hand fehlte die Kerbe noch.

Das Mädchen konnte sich kein anderes Leben als das mit Ezuk vorstellen. Nur ein einziges Mal hatte sie, als sie mit Ezuk auf einem Streifzug unterwegs war, andere Menschen gesehen. Ezuk war vorsichtig gewesen und hatte ihr den Mund zugehalten, als sie ihre Verwunderung darüber laut äußern wollte. Leise waren sie damals davongeschlichen.

Voller Schrecken dachte Tanea jetzt: Vielleicht ist Ezuk wieder solchen Menschen begegnet? Was sollte sie tun, wenn diese Menschen ihre Höhle fanden? Ezuk war damals ziemlich schweigsam gewesen und hatte ihr nur zu verstehen gegeben, es sei gefährlich, sich mit den Menschen anderer Clans einzulassen.

Tanea verstand das Wort Clan nicht, weil sie in ihrem Leben bisher nie andere Menschen gesehen hatte.

11

Ezuk vertröstete sie: „Später werde ich es dir erklären. Denke jetzt nicht mehr daran."

Jetzt aber fielen Tanea plötzlich die anderen Menschen ein. Waren die ein Clan? Es wäre doch gut gewesen, wenn Ezuk ihr das erklärt hätte, so wie er ihr auch von den Tieren erzählte, mit denen sie in Berührung kamen.

Früher, aber daran konnte sich Tanea nicht mehr erinnern, lebte noch eine Frau bei ihnen. „Deine Mutter", sagte Ezuk, wenn er von ihr sprach, was selten genug vorkam. Auf der Felswand am Eingang war neben der einen Kerbe eine weitere eingeritzt. „Hier ist sie gestorben", hatte Ezuk gesagt. „Seitdem leben wir allein."

Was *gestorben* bedeutete, darüber hatte sich Tanea bisher wenig Gedanken gemacht. Jetzt dachte sie: Heißt das nicht mehr hiersein? Hatte Ezuk sie jetzt ebenso allein gelassen wie die Frau, die er ihre Mutter nannte?

Schließlich schlief sie ein. Aber es war kein erholsamer Schlaf. In Taneas Träume mischten sich Bilder, die sie ängstigten. Immer wieder wachte sie auf, horchte angstvoll jedem Laut nach. Bei dem Gedanken, Ezuk würde vielleicht nie mehr zu ihr zurückkehren, konnte sie schließlich überhaupt nicht mehr schlafen. Sie schob die Lederhaut am Höhleneingang zur Seite und wartete, bis es hell genug war, um sich noch einmal auf die Suche nach Ezuk zu machen.

Diesmal bedeckte sie das Feuer sorgfältig, so wie es Ezuk ihr beigebracht hatte. Tanea hoffte, er würde daran erkennen, daß sie ihn suchte.

Sie lief diesmal in die Richtung des Sonnenaufgangs. Immer wieder rief sie Ezuks Namen.

Im Gras hing noch der Tau. Bald waren Taneas Fellschuhe durchnäßt. Sie achtete nicht darauf. Ihre Augen suchten nach Spuren von Ezuk. So weit von der

Höhle entfernt kann er nicht sein, überlegte sie. Ich hätte sonst sein Rufen nicht gehört.

Sie streifte lange umher.

Als sie Ezuk endlich fand, dachte sie, er sei tot. Eine riesige Wunde klaffte auf seiner rechten Brustseite. Auch am Arm und am Oberschenkel war er schwer verwundet. Ezuk hatte viel Blut verloren.

Tanea kniete sich neben den Mann und legte ihren Arm unter seinen Kopf. Sein Gesicht war blutverkrustet. Das Haar und der Bart ließen Augen und Mund kaum erkennen.

„Ezuk!" Ratlos wiederholte Tanea immer wieder seinen Namen. Als sie seinen Kopf behutsam auf den Boden zurücklegte, stöhnte der Mann.

„Ezuk!" Tanea beugte sich ganz tief über sein Gesicht. „Was soll ich jetzt tun?"

Sie war erleichtert. Ezuk lebte. Das Gefühl der Verlassenheit, das sie seit dem Hilferuf am Abend vorher befallen hatte, wich. Jetzt mußte sie handeln. Aber was konnte sie tun?

Ezuk muß in die Höhle gebracht werden, dachte sie. Aber wie? Er war ein großer, kräftiger Mann. Viel zu schwer für ein Mädchen wie sie. Und sie mußte ihn vor Tieren schützen, die sich an ihm zu schaffen machen konnten. Wehrlos, wie er war.

Tanea zog sich nackt aus und deckte Ezuk mit ihren Kleidern zu. Sie stopfte die Enden unter seinen Körper. Dann brach sie Zweige von den Sträuchern und legte sie über ihn. Das mußte fürs erste genügen.

„Ich komme wieder!" flüsterte sie Ezuk ins Ohr. „So schnell ich kann!" Und dann rannte sie davon.

Da sie den Weg nun kannte, war sie schnell wieder bei der Höhle. Sie riß die schwere Lederhaut vom Eingang und zerrte sie hinter sich her. Sie hatte manchmal mit Ezuk zusammen ein großes Wild in die Höhle geschleift und dazu als Unterlage eine Lederhaut benutzt, um das Fell der Beute zu schonen. Das war ihr eingefallen, während sie zur Höhle zurückgelaufen war. Aber als sie jetzt die schwere Plane hinter sich herzog, zweifelte sie, ob sie es wirklich allein schaffen würde, Ezuk auf die Plane zu rollen und in die Höhle zu ziehen.

Ganz außer Atem kam sie bei dem Mann an. Sie mußte es einfach schaffen, ihn in die Höhle zu bringen. Sie räumte die Zweige beiseite und zog ihre Kleider wieder an. Dabei forschte sie in seinem blutverkrusteten Gesicht, ob er vielleicht die Augen öffnete. Dann kniete sie neben Ezuk nieder. „Ezuk!" sagte sie. „Hörst du mich? Tanea ist bei dir. Ich bringe dich ..."

Als Antwort kam nur ein Stöhnen. Tanea stand auf und zog die Plane neben Ezuk. Sie brauchte eine ganze Weile, bevor sie ihn darauf gerollt hatte. Sie hatte dabei auch nicht auf seine Wunden achten können, die jetzt wieder bluteten. Erschöpft von der Anstrengung setzte sich Tanea neben Ezuk. Ich muß Blätter suchen und sie auf die Wunden legen, dachte sie. Und dann: Er ist zu schwer. Wie bringe ich ihn nur zur Höhle? Aber ich muß es versuchen.

Sie stemmte ihre Füße auf die Erde und hielt mit den Händen zwei Enden der Plane fest. Als sie keine Kraft mehr hatte, legte sie sich neben Ezuk auf den Boden, um auszuruhen. Ihre Hände hatten Blasen bekommen und schmerzten. Sie hatte Ezuk nicht sehr weit weggezogen. Das sah sie jetzt, als sie zurückblickte. Die Sonne stand schon hoch am Himmel. Es überstieg einfach ihre Kräfte, den schweren Mann auf diese Weise zur Höhle zu bringen. Sie raffte sich wieder auf und riß die Blätter einer Pflanze ab, von der sie wußte, daß sie kühlend wirkten. Die legte sie Ezuk auf die Wunden und auf das Gesicht, damit er nicht so unter der Sonne zu leiden hatte. Dann rannte sie zur Höhle zurück und holte ein scharfes Steinmesser. Sie wollte eine Öffnung in die Plane schneiden, damit sie mit ihrer ganzen Körperkraft ziehen konnte.

Sie lief zum nahe gelegenen Bach und trank durstig und in langen Zügen von dem klaren Wasser. Dann füllte sie einen Wassersack aus Därmen und schleppte ihn zu Ezuk. Vorsichtig befeuchtete sie sein Gesicht und löste das verkrustete Blut von seinen Augenlidern. Immer wieder rief sie seinen Namen. Sie glaubte fest, daß er sie hören konnte.

Schließlich hob sie seinen Kopf auf ihre Oberschenkel und versuchte, ihm etwas Wasser einzuflößen. Als sich seine Lippen zum Trinken öffneten, schrie sie glücklich auf. „Ezuk! Trink!"

Da öffnete der Mann die Augen. „Tanea ..."

„Trink, Ezuk. Trink!"

Ezuk trank durstig das Wasser aus ihrer hohlen Hand. „Ich bringe dich in die Höhle", sagte das Mädchen.

Ezuk schüttelte den Kopf. Zum Reden war er zu schwach. Er versuchte, den Arm zu heben, und schrie leise auf.

„Es wird heilen", sagte Tanea. „Du mußt mir sagen, was ich tun soll. Es wird heilen."

Wieder schüttelte der Mann den Kopf. Dann verlor er erneut das Bewußtsein. Tanea vergrößerte das Loch in der Plane. Dann schlüpfte sie hinein und konnte so mit dem Gewicht ihres ganzen Körpers die Plane mit dem Mann Schritt für Schritt vorwärts ziehen. Sie mußte sich oft ausruhen. Die lederne Plane schnitt ihr blutige Striemen auf die Brust. Die Blasen an ihren Händen waren längst aufgegangen, aber Tanea spürte die Schmerzen kaum.

Wenn sie sich ausruhte, schaute sie sorgenvoll in Ezuks Gesicht. Er hielt die Augen geschlossen und gab kein Lebenszeichen von sich. Tanea hielt ihr Ohr ganz nah an seinen Mund, um seinen Atem zu spüren. Dann benetzte sie sein Gesicht mit dem wenigen Wasser, das sich noch im Schlauch befand.

Es war dunkle Nacht, als Tanea das letzte Stück des Weges zur Höhle geschafft hatte. Bergauf war es noch schwerer gewesen. Ihr Atem ging stoßweise, und ihr Herz schlug rasend schnell.

Sie hatte nicht mehr die Kraft, nach dem Feuer zu schauen. Es wird ausgegangen sein, dachte sie. Wie werde ich es mit den wunden Händen wieder zum Brennen bringen?

Sie sank neben Ezuk auf den Boden der Höhle und schlief ein.

Tanea erwachte von einem vertrauten Geräusch. Es war schon heller Tag, und es regnete. Als sie sich aufrichtete, spürte sie die Schmerzen an den Händen und an der Brust. Ezuk lag neben ihr, so wie sie ihn in der Nacht in die Höhle geschleppt hatte. Sie hielt ihre Hand an seine Lippen und fühlte seinen Atem. Er lebte, und er war in der Höhle. Wenn sie ihn gut pflegte, würde er bald wieder die Augen öffnen und mit ihr reden.

Tanea erinnerte sich daran, wie Ezuk sie gepflegt hatte, als sie vom Felsen über der Höhle heruntergefallen war. Er hatte ihr später erzählt, daß sie tagelang dagelegen hatte, ohne die Augen zu öffnen. Und jetzt war sie ja auch wieder völlig gesund.

Sie lief vor die Höhle und streifte ihren Kittel aus weichem Leder ab. Der Regen tat ihrem geschundenen Körper gut. Sie öffnete den Mund und ließ es sich auf die Zunge regnen. Dabei überlegte sie, was als nächstes zu tun sein. Feuer machen, fiel ihr ein. Sie verspürte Hunger und dachte, daß auch Ezuk etwas essen müsse, falls er aufwachte.

Als erstes jedoch versuchte sie, den Mann zu seinem Schlafplatz zu ziehen. Er kam ihr noch schwerer vor als am vorangegangenen Tag. Ezuk stöhnte auch wieder. Aber die Augen hielt er geschlossen.

Tanea bettete ihn so weich es ging. Dann holte sie Wasser und versuchte, die Wunden auszuwaschen. Sie tat es so vorsichtig wie nur möglich. Da endlich öffnete der Mann die Augen. Er erkannte sie auch. „Wer hat mich in die Höhle ..."

„Ich, Ezuk. Es war sehr schwer. Jetzt wasche ich deine Wunden, damit sie heilen."

„Schwere Wunden?" Ezuk versuchte sich aufzurichten. Er konnte aber kaum den Kopf heben.

„Ja", sagte Tanea. „Sag mir, wie ich sie heilen soll."

Ezuk schüttelte den Kopf. „Ein Höhlenbär", flüsterte er, und seine Augen weiteten sich in der Erinnerung an das schreckliche Erlebnis. „Ich werde sterben."

Nein! Tanea wollte schreien, aber die Angst machte sie stumm. Sie lief im strömenden Regen zum Bach, um frisches Wasser zu holen. Er darf nicht sterben, dachte sie immer wieder. Wenn Ezuk stirbt, bin ich allein. Er darf mich nicht allein lassen. Nein! Und sie schrie in den Regen: „Nein! Nein!"

Plötzlich hatte sie begriffen, daß Sterben Weggehen bedeutete. Unerreichbar zu sein, wie die Frau, von der Ezuk ihr gesagt hatte, daß sie ihre Mutter gewesen sei. Man konnte von ihr etwas erzählen, aber man konnte sie nichts mehr fragen. Sie war unerreichbar geworden.

„Nein!" sagte Tanea. „Ich werde Ezuk gesund pflegen."

Sie schleppte den Wassersack in die Höhle und gab Ezuk zu trinken. Sein Gesicht fühlte sich heiß an.

Bisher hatte sich Tanea wenig darum gekümmert, wenn Ezuk von seinen Streifzügen Pflanzen mitgebracht, sie getrocknet und im hinteren Teil der Höhle aufbewahrt hatte.

„Was ist gut, damit du nicht so heiß bist?" fragte sie.

Sie brachte die gebündelten, getrockneten Kräuter

zu seinem Schlafplatz. Er zeigte auf eines der Bündel, dann schloß er wieder die Augen. Fieber heißt es, wenn man so heiß wird, erinnerte sich Tanea. Im Winter, als sie hustete und ihre Brust schmerzte, hatte sie Fieber bekommen. Ezuk hatte die Kräuter in heißes Wasser geworfen. Später mußte sie diesen bitteren Tee trinken.

Sie brauchte Feuer. Sie betrachtete ihre Hände und seufzte. Es würde schmerzen, wenn sie den Holzstab so schnell drehen mußte, daß von dem trockenen Holz ein bißchen Rauch aufstieg, und sie daraus Glut anblasen konnte. Vorsorglich legte Tanea die Kochsteine bereit, die sie im Feuer erhitzen mußte. Die mit Leder ausgekleidete Kochgrube füllte sie mit Wasser. Wenn die Kochsteine heiß genug waren, konnte sie diese in das Wasser werfen und aus den Kräutern eine Medizin für Ezuk bereiten. Über all diesen Arbeiten würde viel Zeit vergehen.

Tanea ergriff den Holzstab und biß die Zähne zusammen, damit sie nicht vor Schmerzen aufschrie, als sie den Stab in das trockene Holz bohrte und ihn drehte, so schnell wie es ihr möglich war.

Das Feuer brannte. Es hatte aufgehört zu regnen. Tanea warf die Kochsteine in die Glut und legte immer wieder trockenes Holz nach. Ungeduldig prüfte sie mehrmals, ob die Steine schon heiß genug waren, um das Wasser zu erhitzen. Die getrockneten Kräuter, die gebündelt neben ihr lagen, betrachtete sie nachdenklich. Jetzt bereute sie, daß sie sich nicht ernsthafter damit beschäftigt hatte, welche der Kräuter für Fieber gut waren und was sie für Ezuks Wunden brauchte. Jetzt konnte er ihr nichts erklären, und gerade jetzt brauchte sie das Wissen über Heilpflanzen. Aber Ezuk hatte die Augen geschlossen. Tanea wußte nicht, ob er eingeschlafen war oder bewußtlos.

18

Als das Wasser in der Kochgrube heiß wurde, warf Tanea zerkleinerte Kräuter hinein. Sie war sich nicht sicher, ob sie sich das richtige Bündel gemerkt hatte. Aber der Geruch, der jetzt aus der Kochgrube aufstieg, kam ihr bekannt vor. Ja, so hatte es im Winter auch gerochen, als sie krank gewesen war. Nach einer Weile schöpfte sie mit der knöchernen Hirnschale eines kleinen Tieres, die als Trinkgefäß diente, etwas von dem Tee. Als sie versuchen wollte, wie das Getränk schmeckte, spuckte sie es in hohem Bogen wieder aus. Sie hatte sich die Zunge verbrannt. Und der bittere Geschmack im Mund ließ erst nach, als sie Wasser trank. Sie verdünnte den Tee mit kaltem Wasser und fischte die Kräuterstengel aus der Kochgrube, damit der Tee nicht noch bitterer wurde. Dann nahm sie das knöcherne Trinkgefäß und stellte es neben Ezuk auf den Boden. Sie faltete ein weiches Fell zusammen und schob es dem Mann unter den Kopf, damit er leichter trinken konnte. „Ezuk, wach auf. Du mußt trinken."

Ezuk öffnete tatsächlich die Augen. Seine Lippen waren rauh und aufgesprungen. Er wollte etwas sagen, aber Tanea hielt ihm das Gefäß an den Mund. „Trink, Ezuk. Sind es die richtigen Kräuter gegen das Fieber?"

Der Mann trank gierig und verschluckte sich dabei. Tanea richtete ihn noch weiter auf, indem sie ihm ein weiteres Fell als Stütze unter die Schultern schob. Dann füllte sie die Trinkschale noch einmal mit Tee, achtete aber darauf, daß er nicht zu heiß war.

„Wie soll ich deine Wunden heilen?" fragte sie, als er ausgetrunken hatte.

Ezuks Körper glühte im Fieber. Er hatte Mühe, ein paar Worte zu sprechen. „Kein Wasser auf die Wunden. Nimm feuchten Lehm, und lege die großen Blätter drauf ..."

Tanea nickte aufgeregt. Sie wußte, wo die Lehmgrube war. Es war gar nicht weit bis dahin. Und die Blätter

19

kannte sie auch. Endlich konnte sie etwas tun, was ihm helfen würde.

„Binde mit Lederstreifen fest ..., wechsle sie jeden Tag ...“

Erschöpft schloß Ezuk die Augen. Tanea erinnerte sich, daß Ezuk ihren fieberheißen Kopf gekühlt hatte, indem er nasse Fellstücke auf ihre Stirn gelegt hatte. Bevor sie aus der Höhle lief, um Lehm und Blätter zu holen, tauchte sie ein Stück weichgewalktes Leder in kaltes Wasser und legte es vorsichtig auf Ezuks Stirn. Sie achtete darauf, daß kein Wasser mit den Wunden in Berührung kam. Dann eilte sie den kleinen Abhang hinunter und schlug den Weg zur Lehmgrube ein.

Angstvoll wachte Tanea bei Ezuk. Sein Körper wurde vom Fieber geschüttelt. Die tiefen Wunden eiterten. In seinen Fieberphantasien sprach er unverständliche Worte, manchmal auch ganze Sätze.

Tanea machte sich Vorwürfe, weil die Wunden Ezuks nicht heilten. Sie hatte versucht, sie mit Wasser zu reinigen, bevor Ezuk ihr ausdrücklich gesagt hatte, sie solle Lehm auf die Wunden legen. Ob das der Grund war? Fragen konnte sie ihn nichts mehr, weil er sie in seinem Fieber nicht erkannte. Immer wieder versuchte sie, ihm Tee einzuflößen, oder sie tupfte seine aufgesprungenen Lippen damit ab. Auch den kühlenden Umschlag auf seiner Stirn erneuerte sie, so oft sie konnte. Sie kam sich hilflos vor, weil sie zu wenig wußte. Auch deshalb machte sie sich Gedanken.

Wenn Ezuk wieder gesund wird, werde ich ihn vieles fragen, nahm sie sich vor. Ich habe nicht darauf geachtet, welche Kräuter er gesammelt und getrocknet hat, ich habe mich auch nie bemüht, mit dem Stein Feuer zu schlagen. Nur auf der Jagd war ich begierig, alles zu lernen. Das nützt mir aber jetzt nichts, weil ich Ezuk nicht so lange allein lassen kann, um zu jagen. Er würde erschrecken, wenn er aufwacht, und ich bin nicht hier.

Tanea verließ immer nur für kurze Zeit die Höhle, wenn sie Wasser holte oder Lehm. Selten nahm sie sich die Zeit, mit dem Grabestock frische Wurzeln aus dem Boden zu lösen, damit sie daraus eine Mahlzeit für sich kochen konnte. Die Vorräte bedurften dringend einer Ergänzung, der Sommer war weit fortgeschritten. Was würde im Winter werden, wenn zuwenig getrocknetes Fleisch und kein Fett da waren? Womit sollte sie die Speisen würzen, wenn nicht einmal genug da war, den Hunger zu stillen? Sie wagte es nicht mehr, die dürftigen Vorräte anzugreifen, sondern stillte ihren Hunger mit den Beeren und Wurzeln, die sie in der Nähe der Höhle fand. Einmal gelang es ihr, einen kleinen Nager mit ihrer Wurfschleuder zu erlegen. Aber das nahm ihr nicht die Sorgen vor dem, was sie erwartete.

Tanea hatte mit großer Mühe die schwere Plane am Höhleneingang wieder befestigt. Wenn es dunkel wurde, verschloß sie damit den Eingang und legte von innen schwere Steine darauf. Mit Ezuk hatte sie sich nie gefürchtet. Jetzt aber war sie vorsichtig geworden und unterschied gewohnte Geräusche von fremden.

Endlich ließ das Fieber nach. Ezuks Gesicht hatte tiefe Falten bekommen. Die Wunde auf der rechten Gesichtshälfte, die sich über die Brust und den Arm bis zum Oberschenkel zog, ließ ihn seltsam starr aussehen. Tanea hatte vorsichtig das verkrustete Blut vom Gesicht entfernt. Diese Kratzwunde schien am besten zu heilen. Am schlimmsten klaffte immer noch die Wunde am Bein auseinander. Tanea zog die Lederstreifen des Verbandes so eng wie möglich, damit die Wundränder zusammenwachsen konnten. Aber sie war sich nicht sicher, ob das richtig war.

„Tanea!"

Das Mädchen war damit beschäftigt, mit dem Steinmesser das Fell des kleinen Nagers zu reinigen, um aus der Haut einen weichen Verband zu machen. Mitten in der Bewegung hielt sie inne, warf das Steinmesser beiseite und lief zu Ezuks Lager. Sie kniete neben ihm nieder und bemerkte voller Freude, daß seine Augen klar waren und er sie erkannte. „Ezuk, hast du Schmerzen?"

Der Mann schüttelte leicht den Kopf. „Nicht sehr. Ist es lange her?"

Er versuchte, sich aufzurichten. Tanea schob ihm die weichen Felle zurecht. Sie holte ein Stöckchen, in das sie jeden Morgen eine Kerbe geritzt hatte.

„So lange", sagte sie und hielt ihm das Stöckchen hin.

Er ergriff es mit der linken Hand und betrachtete nachdenklich die Kerben. „Das ist sehr lange", sagte er dann.

„Ich habe deine Wunden mit dem heilenden Lehm bedeckt", berichtete Tanea. „Aber sie wollen sich nicht schließen. Sie sind entzündet. Ich weiß nicht, was ich tun soll."

Ezuk hatte Mühe, den rechten Arm zu bewegen. Mit Taneas Hilfe richtete er sich noch ein wenig weiter auf. Sie entfernte den Verband an seinem rechten Oberschenkel.

„Es war eine Höhlenbärin", sagte Ezuk. „Sie griff an, weil sie zwei Junge schützen wollte. Ich hatte sie zu spät bemerkt."

Tanea ließ den Mann vorsichtig wieder auf sein Lager zurückgleiten. „Was soll ich jetzt mit deinen Wunden tun?" fragte sie, ohne näher auf seine Schilderung einzugehen. „Du mußt ganz schnell wieder gesund werden, Ezuk."

„Ich habe Hunger und Durst. Und ich werde gesund, Tanea."

Tanea hätte am liebsten vor Freude laut geschrien. Er wird gesund, dachte sie, als sie ihn mit einem Brei aus Wurzeln und Beeren fütterte. Es schien ihr, als könne sie endlich wieder richtig atmen. Zu sehr hatte ihr die Angst auf der Brust gesessen, Ezuk könne sterben und sie allein lassen.

Seitdem das Fieber gewichen war, erholte sich Ezuk. Auch die Wunden begannen zu heilen, nachdem Tanea sie nun mit einem Brei aus Kräutern bedeckte, den sie nach Ezuks Anweisungen herstellte. Der Mann war noch sehr schwach und schlief viel. Wenn er jedoch die Augen offen hatte, hockte sich Tanea an seine Seite. Sie las ihm jeden Wunsch von den Augen ab. Von dem wenigen, das sie auf ihren kurzen Streifzügen an Beeren und Wurzeln sammelte, manchmal fand sie auch ein kleines Tier in ihren Fallen, bereitete sie ihm schmackhafte Mahlzeiten.

„Du ißt fast nichts", sagte Ezuk vorwurfsvoll.

Tanea redete sich heraus. Er sollte nicht wissen, wie schwer es für sie war, beide satt zu bekommen. „Ich stopfe mir unterwegs den Magen voll", schwindelte sie. „Es gibt viele Beeren, die mir gut schmecken ..."

Ezuk hielt sie am Arm fest, als sie sich von seinem Lager entfernen wollte. „Bleib hier, Tanea. Ich will dir etwas sagen."

Erschrocken blickte Tanea ihn an. Er hatte noch nie viel geredet, seit er verletzt in der Höhle lag, schon gar nicht. Sie wußte, wie schmerzhaft jede Bewegung für ihn war. Auch das Sprechen fiel ihm noch schwer. „Habe ich etwas falsch gemacht?" fragte Tanea. „Ich weiß so wenig, Ezuk. Erkläre mir, was ich tun soll."

Über das von der tiefen Kratzwunde entstellte Gesicht Ezuks glitt ein Lächeln. „Nichts hast du falsch gemacht, Tanea. Ohne dich wäre ich tot. Aber ich werde nicht mehr laufen können. Die Bärin hat mein Bein zerschmettert. Es ist nicht nur die tiefe Wunde."

Nachdenklich betrachtete Tanea Ezuks rechtes Bein. Dann sagte sie hoffnungsvoll: „Es wird heilen. Wenn du später versuchen kannst aufzustehen ..."

„Ich habe es versucht, Tanea. Wenn du weg warst,

23

bin ich wie ein Tier auf den Händen und dem gesunden Bein vor die Höhle gekrochen. Immer wieder. Du mußt mich verlassen, Tanea. Du mußt zu den Menschen gehen. Ich werde dir den Weg dahin beschreiben. Du mußt bald gehen. Wenn der Winter kommt, verhungern wir beide. Du mußt leben, Tanea. Geh zu den Menschen."

Tanea kniete sich neben Ezuks Lager. Sie spürte nicht, wie ihr die Tränen über das Gesicht liefen. In ihren Ohren hörte sie nur immer wieder die Worte: Du mußt ... du mußt!

Immer, wenn Ezuk diese strengen Worte zu ihr gesagt hatte, dann gab es keinen Widerspruch. *Du mußt,* das war ein Befehl, dem sie zu gehorchen hatte. Damit hatte Ezuk sie oft gezwungen, etwas zu tun, vor dem sie sich gefürchtet hatte. Hinterher war ihr die Angst immer viel kleiner erschienen oder ganz gewichen. Aber was er jetzt von ihr verlangte, das war unmöglich! Sie hatte sofort verstanden, daß es ihm nur darum ging, sie vor dem Verhungern und Erfrieren zu bewahren. Habe ich ihn deshalb so mühsam in unsere Höhle geschleppt, damit er jetzt allein stirbt?

Tanea hatte Angst vor dem Wort *sterben.* Sie konnte sich ihr Leben ohne Ezuk nicht vorstellen, daß er nicht mehr dasein sollte, sie ihn nicht mehr fragen könnte, keine Antworten mehr bekäme ...

Sie stand auf und ging zum Feuer, um trockenes Holz nachzulegen. Dadurch hatte sie einen Vorwand, ihn nicht anschauen zu müssen, wenn sie sich ihm widersetzte.

„Ich werde nicht von dir fortgehen, Ezuk. Du kannst mich nicht zwingen, zu den Menschen zu gehen. Ich bleibe hier."

Ohne seine Antwort abzuwarten, lief das Mädchen aus der Höhle. Sie wußte, wie ausweglos alles war. Ezuk würde nicht mehr für sie beide sorgen können. Die

24

Bärin hatte sein Bein zerschmettert. Ezuk konnte nicht mehr jagen. Er konnte nicht einmal mehr laufen.

Tanea kletterte zu ihrem bevorzugten Platz hinauf, von wo aus sie weit ins Tal schauen konnte. Von hier war sie einmal abgerutscht und auf das kleine Plateau vor der Höhle gefallen. Ezuk hatte sie gesund gepflegt. Dann war er mit ihr wieder hinaufgeklettert und hatte ihr gezeigt, wohin sie ihre Füße setzen mußte, um einen sicheren Halt zu haben. Ezuk war immer für sie dagewesen. Warum verlangte er jetzt, plötzlich, sie solle ihn verlassen?

Um Taneas Mund schob sich eine trotzige Falte. Sie strich ihr Haar aus der Stirn, das die Sommersonne sehr hell gebleicht hatte.

Er kann mich nicht fortschicken, dachte sie. Nein, ich werde nicht gehen!

Voller Angst dachte sie daran, wie Ezuk sie einmal zurückgerissen und ihr den Mund zugehalten hatte, als sie bei einem Streifzug beinahe Menschen begegnet waren.

Warum schickt er mich jetzt zu ihnen?

Tanea konnte ihren Gedanken nicht weiter nachhängen. Ein Blick nach unten zeigte ihr, daß Ezuk aus der Höhle kroch. Unendlich mühsam war das, und sie hörte sein Stöhnen bis zu ihrem Platz hinauf. Sie wollte etwas rufen, ihn ermutigen, aufmuntern. Aber es kam kein Laut über ihre Lippen. Es war, als ob das Mitleid mit dem Mann, der sich so quälte, ihr den Mund verschloß. Langsam stieg Tanea wieder nach unten. Sie fand Ezuk vor der Höhle. Er lehnte mit dem Rücken am harten Felsen. Sein verletztes Bein lag seltsam verdreht auf dem Boden.

„Du mußt weggehen, Tanea. Gleich morgen. Der Weg ist weit."

„Nein!"

„Dann werde ich mich töten, Tanea. Wenn ich nicht

mehr da bin, wirst du gehen. Ich beschreibe dir den Weg zu den anderen Menschen."

Tanea wußte, er würde sie zwingen zu gehen. Seine Augen sagten ihr, daß er fest entschlossen war, sie wegzuschicken.

Der Mann hatte dem Kind noch nachgeschaut, das zögernd davonging.

„Lauf, Tanea!" hatte er ihr hinterhergerufen. „Lauf schneller!"

Er wußte, daß er sie eigentlich mit jeder Faser seines Herzens bei sich behalten wollte. Aber dann wären sie beide verloren gewesen. So bestand wenigstens für Tanea eine gute Chance zu überleben.

Er kroch zurück in die Höhle. Wenn sie den Clan am Fluß findet, dachte er, wird man sie aufnehmen. Noch nie hatten die Menschen des Bärenclans jemanden weggeschickt, der Hilfe brauchte. Noch dazu ein Kind wie Tanea.

Als er das Mädchen nicht mehr sehen konnte, schleppte er sich auf sein Lager in die Höhle zurück. Sie wird die Menschen am Fluß erreichen, dachte er. Tanea ist zäh und weiß sich zu helfen. Aber den Winter mit mir hätte sie nicht überstanden. Wehmütig betrachtete er die geringen Vorräte, die sie in den paar Tagen, seitdem sie wußte, daß er entschlossen war, sie fortzuschicken, für ihn angehäuft hatte.

Er hatte sie wenigstens in dem Glauben wegschicken wollen, für ihn sei gut gesorgt, bis sie die Menschen am Fluß gefunden hatte und ihm Hilfe schicken konnte.

Es wird keine Hilfe kommen, dachte Ezuk verbittert. Tanea weiß nicht, daß ich für den Clan nicht mehr lebe. In den Augen des Clans habe ich etwas getan, das schlimmer ist, als wenn ich meinen Bruder getötet hätte. Arun wird vielleicht der einzige sein, der anders denkt. Aber er wird mir nicht helfen dürfen. Um sein

Leben zu retten, habe ich einen Höhlenbären getötet. Das Totemtier des Clans.

Ich mußte mich einfach dem Bären in den Weg stellen, ihm die Klinge meines Steinmessers ins Herz stoßen, grübelte er. Ich dachte nicht daran, wie heilig der Bär für die Menschen des Clans ist. Meinen Bruder wollte ich retten. Nur dieser eine Gedanke war in meinem Kopf. Die anderen standen dabei und rührten keinen Finger. Arun wäre getötet worden, ein einziger Prankenschlag des Bären hätte genügt.

Die Erinnerung ließ Ezuk immer noch erschauern. Jaka, der mich schon immer gehaßt hat, war der Wortführer derer gewesen, die keine Rechtfertigung gelten ließen.

„Ezuk hat uns alle dem Unglück ausgeliefert", hatte er geschrien. „Der Geist des Höhlenbären muß versöhnt werden, sonst werden wir alle sterben."

Zwei Tage später war das Urteil der Ältesten gesprochen. Ohne Waffen und nur mit dem, was er am Leib trug, hatten sie ihn davongejagt. Auch damals stand der Winter vor der Tür.

Seine Mutter hatte mit erstarrtem Gesicht dabeigestanden. Sie konnte nichts für ihn tun. Aber als er auf dem Weg den Fluß entlang zu der Stelle kam, an der er oft mit Arun zum Fischen gewesen war, lagen dort, unter Steinen verborgen, warme Kleidung, sein Messer und eine Wurfschleuder. In einem Beutel, der in die Kleidung gewickelt war, fand er neben Feuersteinen und etwas getrocknetem Fleisch auch drei Speerspitzen.

Das reichte für einen Mann, damit er fürs erste überleben konnte. Wer ihm diesen Dienst erwiesen hatte, wußte er. Das Amulett seines Bruders war, in ein Stück weiches Leder eingewickelt, ebenfalls in diesem Beutel.

Arun selbst konnte ihm diese Abschiedsgeschenke

nicht gebracht haben, denn er lag noch bewußtlos auf seinem Lager. Als er dem Höhlenbären ausweichen wollte, war er gestürzt und mit dem Kopf auf hartes Gestein gefallen. Mutter wird es gebracht haben, dachte Ezuk.

Er lachte bitter auf, als er sich dieser Ereignisse erinnerte, die so lange zurücklagen, die er aber nie vergessen konnte. Damals war es ein junger Bär, dachte er, nicht der *Große Höhlenbär.*

Aber jetzt hat sich beinahe erfüllt, was die Ältesten damals beschworen und an die Wände der Kulthöhle gemalt hatten: *Du wirst durch einen Bären sterben! Und wehe dir, wenn du dich wehrst!*

Ich habe mich nicht gewehrt, dachte Ezuk. Als die Bärin angriff, stand ich da wie gelähmt. Warum hat sie mich nicht getötet? Ist nun gesühnt, was ich tat, um das Leben von Arun zu retten? Ich habe immer darauf gewartet, daß sich erfüllt, was die Ältesten mir als Strafe auferlegt hatten. Tanea hat mich zunächst gerettet. Aber nun wird sich erfüllen, was geschehen muß.

Ezuk tauchte aus seinen Erinnerungen wieder auf. Es war inzwischen dunkel geworden. Das Feuer war fast niedergebrannt. Gewohnheitsmäßig legte Ezuk etwas Holz und ein paar Knochen auf, damit die Glut länger hielt. Dann dachte er: Wozu tue ich das? Ist es nicht gleichgültig, ob ich morgen noch lebe?

Er stemmte sich an seinem Speerschaft hoch und hinkte darauf gestützt mühsam bis zum Eingang der Höhle. Groß war sie, viel zu groß für einen einzigen Menschen. Die Kerben im Felsen erinnerten ihn, wie viele Sommer und Winter er schon hier gelebt hatte. Jetzt müßte er bald wieder eine Kerbe einritzen, wie damals im Winter, als er die Höhle nach tagelangem Umherirren gefunden hatte. Vom Fluß weg hatte er gewollt. Damit sie ihn nicht finden konnten. Er war nicht lange allein geblieben.

Tanea verließ Ezuk schweren Herzens. Aber sie wußte, sie mußte gehorchen, er würde sie doch irgendwie zwingen zu gehen, wenn sie sich weigerte. Er war noch dickköpfiger als sie.

Als Tanea den Fluß erreichte, wäre sie beinahe wieder umgekehrt. Sie war vorher schon zweimal mit Ezuk dort gewesen, aber da war ihr der Fluß als freundlicher Begleiter ihrer Streifzüge erschienen. Jetzt leckten die Wellen bedrohlich ans Ufer, und oft mußte sie einen großen Umweg machen, weil das Wasser weite Teile des Ufers überschwemmt hatte. Sie konnte an den Fingern ihrer Hand abzählen, wie lange sie schon unterwegs war. Gleich am zweiten Tag hatte es angefangen zu regnen, und nur selten konnte sie in der Sonne ihre durchnäßte Kleidung trocknen. Abends versuchte sie, einen einigermaßen trockenen Schlafplatz zu finden. Dort kauerte sie sich zusammen, jederzeit bereit, sich eines angreifenden Tieres zu erwehren. Unterwegs suchte sie nach Wurzeln und nach Beeren, dazu trank sie Wasser aus dem Fluß.

Nach Ezuks Anweisungen mußte sie am Morgen, wenn sie weitermarschierte, die Sonne im Rücken haben. Aber es war manchmal unmöglich festzustellen, wo die Sonne stand, wenn der Himmel voller dunkler Wolken hing. Der Regen ließ den Fluß immer weiter anschwellen.

Das alles hätte Tanea klaglos ertragen, wenn ihr Herz nicht so voller Trauer gewesen wäre. Einmal lief sie einfach nicht weiter.

Sie hatte einen trockenen Platz unter einem Felsenvorsprung entdeckt, wo sie auch die Reste einer Feuerstelle fand. Hier hatten schon einmal Menschen Rast gemacht. Oder war Ezuk auf seinen Streifzügen so weit gekommen? Nein, so lange war er nie von ihr ferngeblieben. Taneas Herz schlug hart und schnell. Sie hatte Angst, es könnten noch Menschen in der Nähe sein.

Die Menschen, zu denen sie auf Ezuks Befehl gehen sollte, um bei ihnen zu leben.

Sie zählte an den Fingern ihrer beiden Hände ab, wie lange sie schon unterwegs war. Von der zweiten Hand fehlten noch zwei Finger. Ob sie schon in der Nähe der Menschen war? Ezuk hatte gesagt, sie müsse so viele Tage gehen, wie sie Finger an beiden Händen habe und nochmals eine Hand dazu.

Es war so verlockend, unter dem geschützten Felsenvorsprung im Trockenen zu sitzen und in den strömenden Regen zu schauen. Sie hatte sich davon überzeugt, daß die Feuerstelle lange nicht benutzt worden war. Dann schob sie die Asche beiseite und suchte trockenes Holz zusammen. Wenig genug war es, aber es würde reichen, ein kleines Feuer wenigstens für eine Weile in Gang zu halten.

Mühevoller war es, überhaupt ein Feuer zu machen. Ezuk hatte sie zwar in den letzten Tagen darin unterwiesen, aber sie konnte den Feuerstein oft nicht kräftig genug schlagen, um die Funken auf trockenes Moos oder morsches Holz zu übertragen. Nach vielen vergeblichen Versuchen glimmte es endlich, und Tanea blies vorsichtig, um aus der winzigen Glut ein kleines Feuer zu entfachen. Jetzt kam ihr die Vorsorge zugute, immer ein wenig trockenes Moos und Feuersteine bei sich zu haben. Als das Feuer brannte, überkam Tanea so ein Glücksgefühl, wie sie es lange nicht gespürt hatte. Sie beschloß, nicht gleich am nächsten Tag weiterzulaufen, sondern eine Ruhepause einzulegen. Sie wollte nachdenken, nicht nur immer das tun müssen, was notwendig war oder was Ezuk von ihr verlangte.

Tanea verließ ihren Unterschlupf und sammelte Treibholz, das der Fluß angeschwemmt hatte. Immer wieder lief sie mit vollen Armen zurück, bald konnte sie einen schützenden Wall unter dem Felsvorsprung errichten, und sie hoffte, der Wind werde das Holz ein wenig trocknen. Was sie auf ihr Feuer nachlegte, qualmte und trieb ihr die Tränen in die Augen, aber es gab nichts Trockenes.

Als sie einen ausreichenden Holzvorrat angehäuft hatte, suchte Tanea nach Eßbarem. Ein paar schmackhafte Wurzeln fand sie, aber keine Beeren. Sie versuchte auch Unbekanntes. Manche der saftigen Blätter schmeckten bitter, die spuckte sie aus.

Als sie noch einmal zum Fluß ging, um sich den Mund auszuspülen, weil sie den bitteren Geschmack loswerden wollte, schleuderte eine Welle ihr einen Fisch vor die Füße. Tanea warf sich augenblicklich auf ihn. Dann faßte sie vorsichtig unter ihren Bauch, um den zappelnden Fang festzuhalten. Der Fisch war glitschig und wehrte sich. Aber Tanea packte ihn mit beiden Händen und warf ihn weit vom Fluß weg. Dann nahm sie einen dicken Ast, den auch eine Welle ans Ufer geschwemmt hatte, und klemmte den Fisch mit der Astgabel fest.

Sie freute sich. So viel Glück an einem Tag: Feuer und einen Fisch, den sie über dem Feuer braten konnte. Sie schlug den Fisch tot. Dann zog sie ihr scharfes Steinmesser aus dem Gürtel und brach ihn auf. Am liebsten hätte sie ihn gleich roh gegessen. Sie war so hungrig. Aber dann dachte sie an den wunderbaren Geruch, den der Fisch beim Braten verströmen würde, und bezähmte sich.

Nach der reichlichen Mahlzeit legte Tanea ihren leichten Lederkittel zum Trocknen über das neben dem Feuer aufgeschichtete Holz. Sie kuschelte sich in einen Fellumhang, den sie auf Ezuks Anweisung zusammengerollt mitnehmen mußte. Er war leidlich trocken geblieben und hatte sie wenigstens nachts einigermaßen gewärmt. Überhaupt war das, was Ezuk ihr geraten hatte mitzunehmen, bisher immer nützlich gewesen. Es schien ihr unendlich lange herzusein, seit sie Ezuk verlassen hatte. Verlassen mußte, begehrte sie innerlich auf. Hätte er nicht gedroht, sich sein scharfes Steinmesser ins Herz zu stoßen, wenn sie nicht endlich ginge, hätte sie das Weggehen immer weiter hinausgezögert.

Holz hatte sie in die Wohnhöhle geschleppt, damit er immer ein wärmendes Feuer habe. Sie hatte Beeren und Wurzeln gesammelt und getrocknet, und jedes kleine Tier aus ihren Fallen hatte sie sorgsam ausgeweidet und die besten Stücke zum Trocknen über das Feuer gehängt. Alles hatte sie so in Ezuks Nähe gelagert, daß er es erreichen konnte. Sein Lager hatte sie mit allen verfügbaren Fellen gepolstert, obwohl Ezuk abgewehrt hatte.

Nur eines machte ihr angst: Ezuk konnte kein Wasser holen. Der Vorrat in den Schläuchen würde nicht lange reichen. Wie sollte Ezuk zum Bach kommen? Er konnte sich, auf den Speer gestützt, kaum bis vor die Höhle schleppen, um da seine Notdurft zu verrichten. Je länger Tanea daran dachte, desto größer wurden ihre Sorgen um Ezuk. Er hat mich weggeschickt, damit ich den Winter überlebe! Zu den Menschen hat er mich geschickt, die in einem Clan leben. Viele Menschen. Wenn ich lange genug am Fluß entlanglaufe, morgens die Sonne im Rücken und abends die Sonne im Gesicht, werde ich sie finden. Sie werden mich aufnehmen, hat Ezuk gesagt.

Tanea faßte nach einem Amulett, das an einem schmalen Lederriemen um ihren Hals hing. „Wenn du bei den Menschen einen Mann findest, von dem du denkst, ich sei es, frage ihn, ob er Arun heißt. Wenn er es ist, dann zeige ihm dieses Amulett, und sage ihm, wo er mich finden kann", hatte Ezuk ihr aufgetragen.

„Wird er dich holen, Ezuk?"

Darauf hatte ihr der Mann nicht geantwortet. Er hatte ihr das Haar aus dem Gesicht gestrichen und sie

nur angeschaut. „Jetzt geh, Tanea. Du hast einen weiten Weg."

Tanea zählte an ihren Fingern ab, ob sie lange genug
unterwegs gewesen war. Sie fürchtete sich vor der Begegnung mit den anderen Menschen, zu denen Ezuk
selbst auch nicht hinwollte. So viel hatte sie begriffen:
Ezuk hätte sie sonst gleich zu ihnen geschickt, damit sie
Hilfe für ihn hole. Und ob der Mann, den er Arun
nannte, ihn holen würde, war mehr als ungewiß. Ezuk
selbst wußte es nicht. Mehr als je zuvor in all den Tagen
ihrer Wanderschaft zu den anderen Menschen, die an
diesem Fluß wohnten, argwöhnte Tanea, daß jede Hilfe
für Ezuk zu spät kommen würde. Falls sich überhaupt
jemand bereit fand, ihn zu suchen. Der Winter war
nicht mehr allzu fern. Schon war der Regen kalt, und
es würde nicht mehr lange dauern, dann war der erste
Frost da. Keiner, der nicht mußte, wagte sich dann noch
weit weg von der Höhle, die sein Zuhause war. Schon
gar nicht, um einen Mann zu retten, der vielleicht
längst gestorben war. Vor Hunger, vor Durst, in der
Kälte.

Ich gehe nicht zu den Menschen!

Als Tanea diesen Entschluß gefaßt hatte, raste ihr
Herz vor Aufregung. Sie warf den Umhang, mit dem
sie sich zugedeckt hatte, zur Seite und verließ ihren
Felsenunterschlupf.

Es hatte aufgehört zu regnen, aber es war kälter
geworden. Ihr Atem stand weiß in der kalten Luft. Sie
fror und zog ihren Kittel über, obwohl der noch nicht
trocken war. Auch die Fellschuhe waren noch naß.
Tanea stellte sie näher ans Feuer und ging barfuß zum
Fluß. Ich werde nicht zu den Menschen gehen, sagte
sie sich immer wieder, wie um sich selbst Mut zu machen. Ihr nächster Gedanke war: Ich kehre zu Ezuk
zurück!

Aber wie wird er mich aufnehmen? Er wird mir nicht

glauben, wenn ich ihm sage, ich hätte die Menschen nicht gefunden. Doch fortschicken kann er mich dann auch nicht mehr. Es wird bald Winter sein. Die Nächte sind kalt. Ich würde erfrieren, bevor ich bei den Menschen am Fluß ankomme ...

Tanea achtete nicht darauf, wohin ihre Füße traten. Plötzlich spürte sie einen heftigen Schmerz. Ein spitzer kleiner Stein hatte sich in ihre Fußsohle gebohrt. Sie setzte sich hin und zog den Stein vorsichtig aus der Wunde, die sofort stark blutete.

Ich kann morgen gar nicht weiterlaufen, dachte sie und war fast zufrieden über den unfreiwilligen Aufenthalt, zu dem sie nun gezwungen wurde. Ich werde Ezuk meinen Fuß zeigen, und er wird einsehen, daß es besser war, zu ihm zurückzukehren, als den viel weiteren Weg zu den Flußmenschen auf mich zu nehmen.

Ohne groß nachzudenken, griff sie nach dem Stock mit der Astgabel, mit dem sie vorhin den Fisch festgehalten hatte, und zog sich daran hoch. Sie klemmte die Astgabel unter ihre Achselhöhle und humpelte zu ihrem warmen Unterschlupf zurück. Doch plötzlich blieb sie wie angewurzelt stehen: Dieser Ast mit der Gabelung war wie ein zusätzliches Bein! Und wenn man zwei davon hätte, könnte man auch auf einem Bein gut vorwärts kommen. Warum bin ich nicht eher darauf gekommen! Damit konnte auch Ezuk zum Bach laufen!

Außer sich vor Freude über diese Möglichkeit, versuchte Tanea, mit dieser Krücke zu gehen. Mit jedem Schritt gelang es ihr besser. Und erst mit zwei solchen Krücken! Ezuk wird staunen, wenn ich ihm das zeige!

Erst als es dunkel wurde, gab Tanea ihre Gehübungen auf. Sie fror nicht ein bißchen. Das Laufen hatte sie warm gehalten. Zufrieden legte sie dickere Äste in das Feuer. Das würde Tiere davon abhalten, sich ihrem Schlafplatz zu nähern. Dann kuschelte sie sich in ihren warmen Pelzumhang und kaute auf Wurzeln herum, bis sie zu einem Brei wurden, den sie gut schlucken konnte. Einschlafen konnte sie aber lange nicht. Zu viele Gedanken gingen ihr durch den Kopf. Doch sie war zufrieden darüber, daß sie nun einen Grund hatte zurückzukehren. Sie würde Ezuk Beine mitbringen, auf denen er sich wieder bewegen konnte. Nicht so schnell wie vorher, aber doch aufrecht gehend und nicht auf allen vieren wie ein Tier. Sie stellte sich Ezuks Freude darüber vor, wenn er jeden Tag besser mit dem Laufen zurechtkommen würde!

Warum sollte sie da erst zu den Flußmenschen gehen, von denen sie nicht wußte, ob sie Ezuk überhaupt helfen würden? Sie mußte so schnell wie möglich zurücklaufen. Gleich morgen! Schon im Halbschlaf zählte Tanea an ihren Fingern ab, wie viele Male sie unterwegs schlafen mußte, bevor sie wieder in ihrer Höhle bei Ezuk war. Dann werde ich mich nicht mehr fürchten müssen, dachte sie. Bei Ezuk fühle ich mich sicher.

Ezuk wollte die Bilder, die sich in seine Erinnerung drängten, nicht haben. Warum überfielen sie ihn plötzlich, als seien hungrige Wölfe hinter ihm her? Mit den Jahren waren sie immer seltener gekommen, bis sie ganz wegblieben. Ezuk zerrte die schwere Lederhaut vor den Höhleneingang. Die Nächte waren schon kalt. Wird Tanea einen warmen Unterschlupf gefunden haben? Sie wird sich ängstigen, und sie wird frieren. Aber blieb mir eine andere Wahl, als sie zu den Menschen am Fluß zu schicken, zum Clan des *Großen Bären*?

Der Mann ließ einen kleinen Durchschlupf am Eingang frei. Wenn Tanea zurückkäme, sollte sie die Höhle nicht verschlossen finden. Nein, sie wird nicht zurückkommen. Ich habe es ihr verboten. Tanea gehorcht mir.

Ein eigenartiges Gefühl durchströmte ihn, als er an

das Mädchen dachte. Immer hatte er geglaubt, er müsse sie schützen. Und dann hatte sie ihn geschützt, als er hilflos war und beinahe verblutet wäre. Was für eine Kraft steckte in ihr!

Und *sie* hatte nicht leben sollen!

Ezuk lachte bitter. Seine Gedanken schweiften wieder weit zurück. Im ersten Winter war es gewesen, als er bei seinen Streifzügen eine Frau gefunden hatte. Sie war tief im Schnee eingesunken und fast erfroren. Er hätte sie nicht einmal bemerkt, wäre da nicht das klägliche Wimmern gewesen. Warm eingehüllt hielt sie unter ihrer Fellkleidung ein Kind.

Ezuk hatte die Frau zu sich genommen. Er konnte ihre Geschichte verstehen, obwohl sie ganz anders sprach als er. Auch bei den Menschen am Fluß war es üblich, daß Neugeborene, wenn sie zu schwach waren, um zu überleben, ausgesetzt wurden. Aber diese Frau war mit ihrem Kind gegangen. Immer weiter weg von den Menschen des Wolfsclans, zu denen sie gehörte.

Aber das alles hatte Ezuk erst viel später erfahren, als sie sich besser verständigen konnten. Ezuk war froh, die Frau und das Kind bei sich zu haben.

Ich habe Tanea nie erzählt, was ich von ihrer Mutter erfahren habe, dachte er. Und ich habe ihr gegenüber auch von meinem Clan nicht gesprochen. Sie hatte nur eine einzige Begegnung mit anderen Menschen. Und damals habe ich sie daran gehindert, mit ihnen zu sprechen, denn Jaka war dabei.

Wieder verscheuchte der Mann seine Erinnerungen an jene, die ihn ausgestoßen hatten. Lieber dachte er an die Frau, die mit dem Kind fast drei Jahre in seiner Höhle gelebt hatte. Nie hatte sie geklagt, obwohl ihr die Arbeit sehr schwergefallen war. Sie war ganz anders gewesen als die Frauen seines Clans. Sie wirkte fast zerbrechlich. Und ihr Haar war hell wie das von Tanea.

Tanea! Ezuk fiel ein, daß er dem Kind später einfach

den Namen seiner Mutter gegeben hatte. Er erinnerte sich nicht mehr daran, wie die Frau sie genannt hatte.

An einem Frühlingstag hatte Taneas Mutter dann leblos vor der Höhle gelegen. Sie hatte keine äußeren Verletzungen gehabt und sah aus, als ob sie schliefe. Er war erst abends zurückgekommen, weil er lange einem Hirsch nachgespürt hatte. Ratlos hatte Tanea neben ihrer Mutter gehockt ...

Ezuk verscheuchte auch diese Bilder. Ihn überkam immer so ein Gefühl der Hilflosigkeit, wenn er daran dachte, wie er die Frau auf seinen Armen davongetragen hatte, um sie zu begraben. Er hatte gewußt, wie sehr sie ihm fehlen würde.

Das Kind hatte nicht begriffen, was geschehen war. Und weil er es nicht allein zurücklassen konnte, wenn er unterwegs sein mußte, um für Nahrung zu sorgen, hatte er es einfach mitgenommen. Irgendwann hatte er sie dann mit dem Namen gerufen, der ihrer Mutter gehört hatte.

Sie wird ihr immer ähnlicher, dachte Ezuk. Aber sie ist kräftiger, und sie hat einen starken Willen. Er war fast ein wenig stolz auf Tanea. Ich habe ihr viel beigebracht in den Sommern und Wintern, die sie bei mir gelebt hat, dachte er. Sie weiß, wie man einem Tier nachjagt und es zur Strecke bringt. Sie kann es abhäuten, wenn es nicht zu groß ist, und sie kann Felle bearbeiten, damit sie weich und geschmeidig werden. Dazu hatte ich nie Geduld. Tanea kann geschickt mit der Klinge ihres Steinmessers umgehen, und die Wurfschleuder weiß sie auch zu benutzen. Lange Strecken läuft sie, ohne zu ermüden.

Ezuks Gedanken kehrten wieder in die Gegenwart zurück. Wie viele Tage wird Tanea laufen müssen, bis sie den Bärenclan am Großen Fluß erreicht? Wird meine Mutter Tanea willkommen heißen, wenn sie ihr Aruns Amulett gibt? Aber selbst dann wird Tanea es nicht leicht haben, dachte er. Ich konnte ihr nichts beibringen, was ein Mädchen ihres Alters wissen muß.

Ezuk richtete sich mühsam auf, um Holz in die schwache Glut zu legen. Über seinen Gedanken war das Feuer fast verloschen. Er kroch auf den Händen und dem gesunden Bein zu einer kleinen Nische im Felsen, wo er einige Dinge aufbewahrte, die für ihn wertvoll waren. In einen kleinen Lederflicken hatte er einen seltsamen gelben Stein eingewickelt. Er war fast durchsichtig und an der schmalen Seite durchbohrt. Wie durch einen Zauber war ein kleines Insekt in dem Stein eingeschlossen.

Taneas Mutter hatte ihn an einem sehr dünnen Lederstreifen um den Hals getragen. Ich habe sie nie danach gefragt, ob es ihr Amulett ist, dachte Ezuk. Und dann: Warum habe ich Tanea diesen Stein nicht gegeben? Er gehört ihr!

Gegen Morgen erst sank Ezuk in einen unruhigen Schlaf. Er fürchtete die kommenden Tage, in denen er immer schwächer werden würde. Er wußte, daß er sich nicht gegen seine Gedanken und Erinnerungen wehren konnte, die ihn zerfleischen würden wie der *Große Bär*, der sich sein Opfer holte. Dann war auch seine Tat endlich gesühnt. Die Menschen seines Clans konnten wieder glücklich leben.

Mit dem ersten Morgengrauen trat Tanea den Rückweg an. Sie schleppte neben ihrem schweren Bündel noch die Astgabel, die sie Ezuk mitbringen wollte. Aufmerksam hielt sie unterwegs Ausschau nach weiteren geeigneten Ästen. Ezuk war größer als sie, und für ihn war diese Krücke vielleicht zu kurz. Außerdem brauchte sie zwei davon.

Tanea gönnte sich kaum eine Rast. Es hatte ausgiebig geregnet. Oft war das Mädchen unsicher, ob es sich auf dem richtigen Weg befand. Der Fluß war angeschwollen und weit über die Ufer getreten. Tanea mußte weite Umwege machen und sich mühsam den Weg suchen. Sie war glücklich, wenn sie eine Stelle wiederzuerkennen glaubte. Ich bin auf dem richtigen Weg, dachte sie dann dankbar. Und bald werde ich wieder bei Ezuk sein.

Es war sehr schwierig, einen geeigneten Unterschlupf für die Nacht oder auch nur für eine Rast zu finden. Tanea fror und hungerte. Sie schleppte auf ihren Tageswanderungen nun auch noch Holz mit, um sich abends wenigstens am Feuer wärmen zu können und Tiere von ihrem Nachtlager fernzuhalten. Immer kleiner wurde ihr Vorrat an trockenem Moos. Das unterwegs gesammelte Holz war naß und ließ sich nur schwer verbrennen. Auch waren ihre Fertigkeiten, aus dem Feuerstein Funken zu schlagen, sehr gering. Mit den vor Kälte steifen Fingern schien es ihr manchmal unmöglich. Sie versuchte es dann wieder auf ihre Weise, indem sie in einem trockenen Stück Holz, das sie unterwegs gefunden hatte, einen Stab so lange und schnell drehte, bis sie eine winzige Glut bekam, die sie durch vorsichtiges Blasen und dazugelegtes trockenes Moos zu einer kleinen Flamme entfachen konnte.

Sie zählte an ihren Fingern ab, wie lange sie schon auf dem Rückweg war. Es schien ihr zu lange, und die Merkpunkte, die sie sich eingeprägt hatte, waren kaum noch auffindbar. Vor allem hielt sie Ausschau nach der Stelle, an der sie auf den Fluß gestoßen war.

Dort hatte sie eine längere Rast gehalten und auch ein Feuer angezündet. Aber sie konnte diesen Platz nicht mehr finden. Bin ich zu lange am Großen Fluß entlanggelaufen? dachte sie verzweifelt. Ich werde Ezuk dann nie mehr finden. Und er wird meine Krücke nie bekommen! Wie soll er dann den Bach erreichen, um Wasser zu holen? Wie überhaupt die Höhle verlassen?

Sie schlief kaum in den Nächten, weil sie sich fürchtete. Tagsüber schienen ihre Sorgen nicht so groß. Sie machte sich selbst Hoffnung. Aber längst hatte sie aufgehört, die Tage und Nächte zu zählen. An einem Morgen entschloß sie sich umzukehren. Wenn ich Ezuk nicht finde, dann muß ich irgendwann zu den Menschen am Großen Fluß kommen, hoffte sie. Und die werden mir helfen, Ezuk zu finden.

Sie war fast glücklich, als sie an diesem Tag eine Astgabel fand, die zu der anderen paßte. Tanea setzte sich hin und begann, die beiden Krücken mit ihrem Steinmesser zu bearbeiten. Sie schälte die Rinde ab. Dann polsterte sie die Stellen, die Ezuk unter die Achseln klemmen mußte, mit Gras und band sie sorgsam mit Rindenbast fest. Sie versuchte selbst, sich damit auf einem Bein laufend zu stützen. Die Krücken waren zu groß für sie. Zufrieden legte Tanea sie neben sich. Für Ezuk waren sie gut so.

An diesem Tag rissen die dunklen Wolken auf, und ab und zu blitzte ein Stückchen blauer Himmel hindurch. Es wird alles gut, redete sich Tanea ein. Ich werde die Stelle schon finden, an der ich zum Großen Fluß gekommen bin. Und damit sie sich nicht noch einmal verlief, setzte sie ganz bewußt Zeichen, die sie wiedererkennen konnte, für den Fall, daß sie in die falsche Richtung gelaufen war.

Die Höhle war dunkel und kalt geworden. Ezuk hatte das Feuer ausgehen lassen. Es war besser, wenn alles schnell vorbeiging. Wozu die Qual verlängern. Er hatte schon oft Menschen sterben sehen. Manche waren verletzt worden, und ihre Wunden heilten nicht. Andere waren alt, und ihre Kräfte ließen nach. Ezuk wollte, daß seine Kräfte ihn verließen. Nur ab und zu trank er etwas vom Wasser aus den Schläuchen. Das Essen rührte er nicht mehr an.

Furchtbare Träume peinigten ihn. Manchmal stand die Bärin vor ihm. Aber sie hob ihre schweren Pranken nicht, um ihn zu töten. Sie wandte sich ab, und hinter ihr liefen zwei Bärenkinder. Ezuk wußte nicht, ob er sich nicht wünschen sollte, sie hätte noch einmal zugeschlagen.

Auch seine Mutter und Arun erschienen in seinen Träumen. Wie hell und freundlich war sein Leben gewesen, als er im Bärenclan seine Tage verbrachte. Alles war wohlgeordnet, jeder wußte, was er zu tun hatte. Nicht mehr lange, und er hätte eine Frau an sein Feuer genommen, Wigu. Aber das Bild des Mädchens, das mit ihm leben sollte, vermischte sich immer mehr mit dem von Taneas Mutter. Er war hin und her gerissen zwischen den beiden: der dunkelhaarigen Frau, die er in den Bärenclan holen sollte, und der Frau, die so helles Haar hatte wie Tanea. Der Gedanke an Tanea riß den Mann wieder aus seinen Träumen.

Wird sie den Weg gefunden haben? Wie lange war sie schon fort? Ezuk wußte es nicht. Er konnte sich nicht erinnern, wie oft schon die Sonne aufgegangen oder die Nacht gekommen war, seit er Tanea weggeschickt hatte. Wir wären beide verhungert und erfroren, dachte er. Tanea ist fast noch ein Kind. Sie soll eine Überlebensmöglichkeit bekommen, wenigstens versuchen mußte sie es!

Wieder versank er in einem seiner unzähligen Träume, Träume von lebenden Menschen und von toten. Und immer wieder kam die Bärin. Aber sie wandte sich immer ab. War ihr das Opfer genug? Ist der *Große Bär* versöhnt?

Manchmal schlug der Wind die schwere Lederplane am Höhleneingang beiseite. Ezuk hatte einen Spalt offengelassen. Er konnte dann träumen, Tanea sei zurückgekommen ...

Er sah auch, wie sie vorsichtig die Plane beiseite

41

schob. Ihre Augen konnten sich nicht so schnell an die Dunkelheit gewöhnen. Draußen war es blendend hell. Es hatte geschneit, und die Sonne schien.

„Bist du gekommen, Tanea?" Ezuks Stimme war nur ein Flüstern. Zu lange hatte er mit niemandem gesprochen, und auch jetzt schien es ihm nicht wichtig, laut zu reden mit dieser Gestalt, die aus seinen Träumen gekommen war. Er nahm sie nur schemenhaft wahr, weil sie gegen das Licht stand.

„Warum hast du kein Feuer, Ezuk?" Es war Taneas Stimme. Und es tat ihm gut, eine Stimme zu hören, die er kannte.

„Ich brauche kein Feuer mehr, Tanea." Ezuk legte sich zurück und schloß die Augen. Er wollte nicht, daß der freundliche Traum so schnell verschwand. In seine Nase kam der Geruch von brennendem Holz, auch spürte er, daß sich jemand an der Feuerstelle zu schaffen machte. Als er die Augen einen Spaltbreit öffnete, sah er Tanea neben dem Feuer. Sie legte Holz nach und schaute besorgt zu ihm.

„Tanea?"

Ehe er noch einmal fragen konnte, war das Mädchen auch schon neben ihm. „Ich mußte zurückkommen, Ezuk."

Tanea half dem Mann, sich aufzurichten. „Hast du den Weg nicht gefunden? Oder haben sie dich nicht aufgenommen?" Ezuks Stimme war rauh, und er spürte die Schwäche in seinen Gliedern.

„Ich mußte zurückkommen, weil ich dir Beine mitbringe. Du wirst wieder laufen können ..."

Noch ehe Ezuk etwas sagen konnte, holte Tanea die beiden Krücken. Sie zeigte ihm, wie er sie benutzen sollte. Ihre Augen glänzten vor Freude darüber, daß sie ihm helfen konnte.

Ezuk begriff langsam, daß dies kein Traum war: Tanea, ihre Stimme, das Feuer, die beiden starken Äste, die das Mädchen ihm hinhielt. „Versuche es, Ezuk. Damit wirst du laufen können."

Sie mußte ihm beim Aufstehen helfen, weil er viele Tage keine Nahrung zu sich genommen hatte. Er war schwach geworden und steif vor Kälte. Sie schob ihm die Krücken unter die Achselhöhlen und wartete gespannt darauf, daß er den ersten Schritt machte. Auch dabei mußte sie ihm helfen. Aber sie sah auch, daß er schnell begriff, wie die Krücken zu benutzen waren.

„Du kannst laufen!" rief Tanea voller Freude. „Ezuk, du kannst wieder laufen."

Der Mann stützte sich mit den Krücken und dem gesunden Bein und ging zur Höhle hinaus. Tanea sollte nicht sehen, wie ihm die Tränen in die Barthaare liefen. Dieses Kind! dachte er. Sie ist stärker als ein Mann, stärker als ich.

Dann schaute er in das Tal hinunter, das im Schnee glitzerte. Er versuchte ein paar Schritte, und es gelang ihm immer besser.

Die Wintervorräte waren mehr als spärlich. Das wußte Tanea ebenso wie Ezuk. Aber sie war schon froh, daß Ezuk sie nicht schalt, weil sie ihm nicht gehorcht hatte.

Sie schleppte heran, was sie finden konnte: Holz und Knochen für das Feuer, Beeren und kleine Tiere, die sie in ihren Fallen fing. Auch Ezuk schien neuen Lebenswillen gefunden zu haben. Sie ahnte seine Gedanken nicht: Diesen Winter müssen wir überleben. Dann werde ich sie selbst zu meinem Clan am Großen Fluß bringen. Es wird eine mühsame Wanderung sein, und sie werden mich davonjagen. Aber Tanea werden sie aufnehmen.

Ezuk schleppte sich auf seinen Krücken ins Tal hinunter und versuchte, so gut er imstande war, Tanea zu helfen. Der erste Schnee war weggetaut und der Frost noch nicht so tief in den Boden eingedrungen. Aber es war schwer, dafür zu sorgen, daß sie jeden Tag etwas zu essen hatten.

Als es wieder geschneit hatte, ging Tanea allein, um nach den Fallen zu sehen. Sie hatten die Anzahl der Fallen verdoppelt, aber meistens waren sie leer. Auch mit der Wurfschleuder konnte Tanea nur selten etwas erlegen.

Ezuk hatte ihr seine warmen Fellbeinlinge und die dicken Fellschuhe gegeben. Sie hatte ihre Winterkleidung auf dem Rückweg zu ihm verloren, als sie einmal ausgeglitten und ins kalte Wasser gefallen war. Ihr Bündel war mit dem Fluß davongeschwommen. Sie hatte nur die Krücken festhalten können. Aber an diesem Tage hatte sie die Stelle wiedergefunden, wo sie auf den Großen Fluß gestoßen war. Unendlich lange schien das schon wieder herzusein.

In Taneas Gedanken drangen Geräusche. Sofort waren alle ihre Sinne gespannt. Sie erhoffte sich eine Jagdbeute, die sie vielleicht mit der Wurfschleuder erlegen konnte. Doch dann stockte ihr fast der Atem, sie hörte ein Wimmern, eine beruhigende Stimme, dann wieder das Wimmern. Und dazwischen Schritte: Menschen!

Tanea versuchte schnell, sich zu verstecken. Doch sie hatte Spuren hinterlassen, und der Mann, der diese Spuren zu lesen verstand, hatte sie sofort entdeckt. Er packte sie an ihrer Fellkapuze, damit sie nicht weglaufen konnte.

„Wo sind die anderen?" fragte er und begleitete seine Frage mit eindeutigen Gesten, damit sie ihn verstehen konnte.

Tanea hatte keine Mühe, seine Worte zu verstehen. Der Mann sprach so wie Ezuk und sie. Aber sie brachte vor Angst kein Wort heraus. Das waren Menschen! Ezuk hatte sich damals verborgen, als sie auf Menschen getroffen waren. Als sie nichts sagte, zog der Mann sie mit sich zu einer Frau, die im Schnee lag und sich vor Schmerzen krümmte.

„Wo sind die anderen?" fragte er noch einmal. „Sie wird sterben, wenn sie ..."

Tanea machte sich vom Griff des Mannes frei. Sie beugte sich zu der Frau hinunter und sah, wie sie sich entspannte. Ein kleines Lächeln huschte über das Gesicht, das gerade noch so schmerzverzerrt war.

„Hilf mir", sagte sie. „Ich bekomme ein Kind."

Tanea konnte sich nichts darunter vorstellen. Sie hatte sich noch nie darüber Gedanken gemacht. Aber sie sah auch, daß die Frau Hilfe brauchte. Die würde auch Ezuk ihr nicht verwehren. Bis zur Höhle war es nicht allzuweit.

„Komm", sagte sie zu dem Mann. Dann ging sie, so schnell es im hohen Schnee möglich war, voran. Der Mann ließ alles liegen, was die beiden bei sich hatten, und lud sich die Frau auf die Arme. Die Frau stöhnte wieder.

Was hieß das, sie bekommt ein Kind? Tanea versuchte, sich an das wenige, was Ezuk ihr erzählt hatte, zu erinnern. War das so, als wenn ein Tier Junge bekam? Dann war das doch etwas sehr Schönes. Warum hatte diese Frau Schmerzen?

Sie konnte nicht lange darüber nachdenken, weil sie vorhatte, Ezuk zu warnen. Er sollte nicht davon überrascht werden, daß sie Menschen in ihre Höhle mitbrachte. Aber konnte sie denen, die Hilfe brauchten, diese verwehren?

Als sie an der Stelle im Tal angekommen waren, wo der leichte Anstieg zur Wohnhöhle begann, stieß Tanea ihren Ruf aus, mit dem sie immer ihr Kommen ankündigte: „Hoaa! Hoaa!"

Sie hatte diesen Ruf von Ezuk übernommen, seit sie diejenige war, die sich weiter von der Höhle entfernte. Ezuk schien sie noch nicht erwartet zu haben. Er schaute erstaunt auf Tanea und die beiden Fremden. Tanea lief den beiden schnell voran. „Die Frau ist krank. Sie braucht Hilfe ...“

Ohne etwas zu sagen, betrat der fremde Mann die Höhle und legte die stöhnende Frau auf Taneas Lager. Als er sich aufrichtete, schaute er um sich. „Wo sind die Frauen?“

„Es gibt hier keine Frauen“, erwiderte Ezuk. „Was ist mit ihr?“

„Sie bekommt ein Kind.“

Das Stöhnen der Frau ging in spitze Schreie über. Dann sank sie wieder auf die Felle zurück. „Hilf mir“, sagte sie zu Tanea. „Du brauchst keine Angst zu haben. Die Männer sollen nicht hierbleiben. Aber du mußt mir helfen ...“

Der Fremde schickte einen fragenden Blick zu Ezuk. Der humpelte auf seinen Krücken davon und winkte dem Mann, mit ihm zu kommen.

Wieder krümmte sich die Frau vor Schmerzen. Tanea stützte sie, während die Frau hechelnd atmete und dann kraftlos wieder zurücksank.

„Was soll ich tun?“ fragte Tanea. Sie spürte, daß ihr nicht viel Zeit zum Fragen blieb, weil sich bei der Frau eine neue Wehe ankündigte. Die Frau mühte sich in eine Hockstellung, und Tanea bemerkte erst jetzt, als die Frau die dicke Kleidung abstreifte, ihren gewölbten Leib.

„Wenn der Kopf kommt, zieh ...“

Es ging dann alles sehr schnell. „Zieh es heraus!“ schrie die Frau, und Tanea packte mit beiden Händen zu und zog das Kind aus dem Mutterleib. Sie hatte Angst, denn es war alles voller Blut, das Kind schrie, und Tanea befürchtete, die Frau müsse nun sterben.

Die Frau sagte: „Gib es mir.“

Tanea war froh, das Kind aus den Händen geben zu können. Es war glitschig und hing an einer Art Darm, der wiederum aus einem blutigen Klumpen zu kommen schien. Das alles verwirrte das Mädchen sehr. Vor allem konnte sie sich nicht erklären, daß die Frau nun ganz entspannt dort lag und keine Schmerzen mehr zu haben schien. Das Kind lag auf ihrem Leib, und die Frau betastete es.

„Es ist ein Sohn", flüsterte sie.

Tanea wußte nicht, was sie tun sollte. Sie holte ein weiches Fell und legte es über den Leib der Frau und über das Kind.

„Es ist ein Junge", wiederholte die Frau. „Danke, daß du mir geholfen hast. Nimm einen dünnen Lederriemen, und binde ihm die Nabelschnur dicht am Bauch ab."

Tanea suchte mit zitternden Händen einen Lederstreifen. Dann tat sie, wie die Frau sie geheißen hatte. Sie half ihr auch, sich aufzurichten, und staunte, als die Frau die Nabelschnur einfach durchbiß. „Hast du etwas, worin du die Nachgeburt einwickeln und dann vergraben kannst?"

Das alles war für Tanea neu und verwirrend. Das kleine, schrumpelige Etwas war ein Kind, das aus dem Leib der Mutter herausgekommen war. Würde es auch groß werden? So wie die Tierjungen später auch heranwuchsen?

Viele Fragen bedrängten sie, als sie nach den Hinweisen der Frau die Nachgeburt in einen Lederlappen einwickelte und vorläufig in den Hintergrund der Höhle legte. Wo sollte sie bei dem Frost ein Loch graben?

Die Frau erholte sich schnell. Sie säuberte das Kind und legte es an eine ihrer üppigen Brüste. Dabei streichelte sie das Neugeborene.

„Wenn wir dich nicht gefunden hätten, lebte ich jetzt vielleicht nicht mehr", sagte sie. „Ich bin Kirka. Das Kind kam zu früh, aber es ist gesund und wird bald kräftig sein. Wo sind die anderen?"

„Ezuk ist mit dem Mann hinausgegangen", sagte Tanea.

In ihrem Kopf wirbelten die Gedanken nur so durcheinander. Ezuk hatte ihr einmal erzählt, daß er ihre Mutter gefunden hatte und sie noch ganz klein gewesen sei. War diese fremde Frau auch eine Mutter? War sie, Tanea, auch auf diese Weise geboren worden?

„Lebst du hier allein mit Ezuk?" fragte Kirka.

Tanea nickte nur. Jetzt erst kam ihr wieder in den Sinn, daß es Ezuk vielleicht nicht recht war, daß sie die fremden Menschen mit in die Höhle gebracht hatte. Alles war so unwirklich. Sie war nicht sicher, ob sie träumte.

„Wohin wolltest du denn mit dem Mann?" fragte Tanea und streckte die Hand nach dem Köpfchen des Kindes aus, um es zu streicheln.

Kirka ließ sie gewähren. „Er hat mich von weit her mitgenommen. Wir werden beim Bärenclan leben, bei den Menschen am Großen Fluß. Er heißt Jonk."

Tanea überlief ein Schauer. Dorthin sollte ich gehen, als Ezuk mich fortschickte, dachte sie. Aber ich werde bei Ezuk bleiben!

„Es ist noch ein weiter Weg bis dorthin", sagte sie nur.

Ezuk war mit dem Fremden hinausgegangen. Was sich in der Höhle abspielte, war Frauensache. Aber er hatte mehr Angst um Tanea als um die Frau, die dort ihr Kind gebären würde. Er wußte es aus der Zeit, als er noch ein junger Jäger war, daß die Männer weggeschickt wurden, wenn es soweit war. Das war Frauensache.

Aber Tanea war keine Frau. Sie war noch nicht einmal zehn Jahre alt. Die Kerben am Höhleneingang bewiesen es. Und er hatte nicht ein einziges Mal vergessen, eine Kerbe in den Fels zu hauen.

Der junge Fremde horchte unruhig in das Innere der Höhle, weil die Schreie der Frau verstummt waren.

Als er dann das Kind hörte, atmete er erleichtert auf. Jetzt erst betrachtete er Ezuk. Er schien in dessen Gesicht zu forschen, das durch die Narbe entstellt war.

„Ich bin Jonk", sagte er. „Ich lebe am Großen Fluß beim Clan der Bären. Die Frau, Kirka, habe ich weit weg von hier geholt ..."

„Ich kenne dich", sagte Ezuk. „Als sie mich aus dem Clan verstießen, warst du noch ein Kind."

Jonk forschte wieder in Ezuks Gesichtszügen und überlegte einen Moment. „Du bist der Bruder von Arun? Der, der tot ist?"

„Ich lebe", sagte Ezuk bitter. „Du kannst gehen, wenn die Frau wieder bei Kräften ist. Du kannst auch bleiben."

Jonk schüttelte den Kopf. „Der Winter hat uns überrascht. Es ist zu früh Schnee gekommen dieses Jahr. Und du weißt, wie weit der Weg ist. Laß uns hier das Frühjahr abwarten, Ezuk."

In Ezuks Augen glomm Freude auf. „Hast du keine Angst vor einem, der tot ist?"

„Es denken nicht alle so wie Jaka. Und du lebst ja. Hast sogar ein Kind. Eine Frau auch?"

„Nein", sagte Ezuk schroff. „Aber es wird schwer sein. Wir haben keine Vorräte. Ich konnte nicht jagen."

„Ich werde dafür sorgen, daß wir den Winter überleben", sagte Jonk einfach. „Jetzt werde ich unsere Sachen holen."

„Bleib noch", bat Ezuk. „Ich will dich fragen. Lebt meine Mutter noch? Und wie geht es Arun? Ist er gesund geworden?"

Jonk schaute den Mann an, aus dessen Fragen er Sorge um die ferne Familie hörte. Viele Jahre waren vergangen, seit Ezuk von den Männern des Bärenclans ausgestoßen worden war. Jonk war damals noch ein Knabe gewesen, den man nicht um seine Meinung gefragt hatte. Aber hätte er anders gehandelt als die

49

Männer? Er wußte, wieso Luta, Ezuks Mutter, so wortkarg war und als streng galt.

„Luta ist alt geworden", sagte Jonk. „Sie und Arun sind gesund. Arun lebt mit einer Frau und einem Sohn an ihrem Feuer."

Ezuk nickte. Er hatte erfahren, was er wissen wollte. Mehr war jetzt nicht nötig. Es würde noch andere Gelegenheiten geben, darüber zu sprechen. Er wies mit der Krücke ins Tal, von wo die Spuren bis zur Höhle zu sehen waren. „Es wird bald dunkel werden, hol eure Sachen."

Ezuk setzte sich auf den großen Stein vor der Höhle. Hineinzugehen wagte er nicht. Tanea würde ihn schon holen, wenn es soweit war.

Als die Frau eingeschlafen war, legte Tanea noch einmal Holz auf die Glut in der Feuerstelle. Dann beseitigte sie die Spuren der Geburt, indem sie die schmutzig gewordenen Felle zusammenrollte und in den hinteren Teil der Höhle brachte. Sie warf noch einen Blick auf Kirka und ihr Kind, dann ging sie hinaus.

„Sie hat ein Kind bekommen", sagte sie zu Ezuk. „Ich habe ihr dabei geholfen. Jetzt hat sie keine Schmerzen mehr."

Ezuk schaute das Mädchen an, das ihm in diesem Augenblick viel älter und gereifter vorkam. Eine ungewohnte Scheu hielt ihn davon ab, über das Geschehene weiter zu reden. Deshalb wies er nach unten ins Tal, wo Jonk nur als kleiner, dunkler Punkt im Schnee zu erkennen war. „Er holt das, was sie bei sich hatten. Sie werden bis zum Frühjahr hierbleiben."

Tanea wußte nicht, wie Ezuk darüber dachte, daß sie den Mann und die Frau mitgebracht hatte. Er hatte sich so lange von den Menschen ferngehalten. Aber er hatte sie doch auch zu ihnen geschickt, als er nicht mehr für sie sorgen konnte. Wie um sich zu verteidigen, sagte sie:

„Die Frau brauchte Hilfe. Ich konnte sie nicht in der Kälte liegen lassen ...“

Beschwichtigend hob Ezuk die Hand, bevor Tanea weitersprechen konnte. „Du hast richtig gehandelt, Tanea. Außerdem können wir einen guten Jäger brauchen, wenn wir diesen Winter überstehen wollen.“

Tanea war erleichtert. Wenn Ezuk das so sah, dann war es gut gewesen, die Fremden mitzubringen. Der Mann konnte besser für Nahrung sorgen als sie. Und vielleicht konnten sie sich jetzt auch bald wieder einmal richtig satt essen? Bei dem Gedanken an eine reichliche Mahlzeit wurde sie ganz fröhlich. Besonders aber die Aussicht, sich nicht von Ezuk trennen zu müssen, war für sie wichtig.

Als Jonk hochbepackt die kleine Anhöhe heraufkam, lief Tanea ihm entgegen, um ihm einen Teil seiner Last abzunehmen. „Darf ich jetzt zu Kirka gehen?“ fragte er. Tanea wunderte sich, weshalb er sie um Erlaubnis fragte. Sicher hatte das etwas damit zu tun, daß Männer bei der Geburt eines Kindes weggeschickt wurden.

„Kirka schläft jetzt“, sagte Tanea. „Aber sie hätte gewiß nichts dagegen, wenn du zu ihr gehst.“

Jonk lud das große Bündel, das er auf dem Rücken getragen hatte, vor der Höhle ab. Tanea legte die Sachen, die sie ihm das letzte Stück Weges abgenommen hatte, daneben.

„Es ist gut, daß sie warme Felle dabeihaben“, sagte sie zu Ezuk, als Jonk zu Kirka gegangen war. „Es wären sonst vielleicht zu wenige gewesen.“ Sie zählte an den Fingern ihrer Hand ab: „Für Ezuk, für Tanea, für den Mann, für Kirka und das Junge von ihr. So viele sind wir jetzt! Wie meine Hand Finger hat.“

„Ja, jetzt sind wir nicht mehr allein, Tanea.“

Bevor das Mädchen etwas sagen konnte, schob Jonk die schwere Lederplane beiseite. Warm eingewickelt hielt er Ezuk das Kind entgegen.

„Es ist ein Sohn", sagte er. „Und ich werde dafür sorgen, daß er nicht nur das glaubt, was ihm von anderen eingeredet wird."

Ezuk nahm das Bündel aus Jonks Händen und schaute in das kleine, schrumpelige Gesicht. Dann winkte er Tanea heran. „So klein warst du auch ..."

Er konnte nicht weitersprechen, denn Tanea fragte aufgeregt: „Ist Kirka eine Mutter?"

„Ja, Kirka ist eine Mutter. Und dies ist ihr Kind."

Die ungewohnten Laute ließen Tanea lange nicht einschlafen. Sie hatte Kirka ihren Schlafplatz überlassen und sich bis an die felsige Wand der Höhle zurückgezogen. Dort hatte sie schon einmal gelegen, als Ezuk nicht zurückgekommen war. Aber diesmal war es anders. Die beiden Männer saßen am Feuer und unterhielten sich miteinander. Tanea konnte ihre Worte nicht verstehen. Sie sprachen sehr leise, damit sie Kirka und das Kind nicht störten. Sicher dachten sie auch, Tanea schliefe längst. An diesem Tag war jedoch so viel geschehen, daß Tanea unmöglich einschlafen konnte.

Einmal hatte sich Jonk erhoben und war zu Kirka gegangen. Dann hatte er aus seinem großen Bündel einige Felle genommen und sie neben die Frau und das Kind gelegt. Sicher wollte er dort sein Nachtlager aufschlagen. Dann kam Jonk zu ihr und breitete einen sehr großen, sehr weichen Pelz über Tanea. Er hatte bestimmt bemerkt, daß nur noch wenige Felle da waren, die Tanea für sich nehmen konnte. Sie kuschelte sich in den warmen Pelz und fühlte sich sehr geborgen.

Aber ihre Gedanken kreisten immer noch um die Geschehnisse des vergangenen Tages. War ich wirklich auch so klein wie dieses Menschenjunge, das Kirka geboren hat?

Tanea beschloß, Ezuk nach allem zu fragen. Aber sie wollte es nicht vor den beiden Fremden tun, die jetzt bis zum Frühjahr mit ihnen in der Höhle wohnen würden. Sie hatte ganz widerstreitende Gefühle bei dem Gedanken, nun nicht mehr allein mit Ezuk zu sein. Einerseits wünschte sie, Ezuk würde sich weiterhin nur ihr zuwenden wie bisher, als die beiden anderen noch nicht da waren. Aber dann spürte sie auch Zuneigung zu der Frau, die Kirka hieß, und zu dem Kind. Jonk war derjenige, vor dem sie die meiste Scheu hatte. Er war groß und kräftig. Seine Augen waren so, daß man ihnen gehorchen mußte. Aber er hatte ja auch den weichen Pelz über sie ausgebreitet. Sicher waren seine Augen dabei so voller Zuneigung für sie gewesen wie Ezuks Augen.

Tanea beschloß, die Veränderungen in ihrem Leben genau zu beobachten. Und fragen werde ich. Ezuk, die Frau, den Mann ...

Das Kind weinte leise. Es klang, als ob sich ein kleines Tier verlaufen hätte und nach der Mutter rief. Tanea hörte die Frau leise mit dem Kind reden. Dann war es wieder still.

Ezuk deckte das Feuer ab und kroch zu seinen Fellen. Der Mann legte sich neben Kirka. Tanea lauschte auf die neuen Geräusche, doch dann schlief auch sie ein.

Als es hell wurde, schlüpfte Tanea aus ihren warmen Fellen. Die anderen schliefen noch. Tanea blies in die Glut und legte Holz und Knochen in die Feuergrube. Dann legte sie Kochsteine hinzu. Sie überlegte, womit sie vier Menschen satt bekommen konnte. Die knappen Vorräte waren sicher bald aufgebraucht. Aber Ezuk hatte gesagt, der Mann würde sie bald mit frischem Fleisch versorgen.

Sie holte Schnee und warf ihn in die Kochgrube. Die Steine waren noch nicht heiß genug, um den Schnee zu schmelzen und daraus heißes Wasser zu machen. Leise, um niemanden zu stören, holte Tanea von den Vorräten getrocknete Wurzeln und Kräuter, und nach einigem Überlegen griff sie auch nach dem Lederbeutel, in dem sie getrocknetes Fleisch aufbewahrte, das mit Fett vermischt war. Sie hatte es für schlimmste Notzeiten vorgesehen. Aber nun hoffte sie, der Mann werde für sie alle sorgen, so wie Ezuk es früher getan hatte, bevor die Bärin ihn so schwer verletzt hatte.

Die Frau war die erste, die aufwachte. Der Duft aus der Kochgrube war ihr sicher in die Nase gestiegen. Tanea wechselte gerade die Kochsteine. Als Kirka sich erheben wollte, ging Tanea schnell zu ihr. „Kannst du schon aufstehen?" fragte sie leise.

„Ich bin nicht krank", antwortete Kirka ebenso leise. „Nur noch ein wenig schwach."

Als sie sich über das Kind beugte, begann es wieder zu wimmern. Schnell legte Kirka das Köpfchen der Kleinen an ihre Brust. Tanea staunte. „Was macht es?"

Kirka lächelte stolz. „Er trinkt. Sieh nur, wie er trinkt!"

„Was ist drin in deiner Brust? Ich habe eine Brühe ..."

Tanea war verunsichert. Aber Kirka erklärte ihr geduldig, daß Kinder, wenn sie noch klein sind, Milch brauchen, die aus den Brüsten der Mütter kommt.

„Aber deine Brühe wird uns schmecken, Tanea. Du wirst sehen, davon bleibt nichts übrig."

Das befürchtete Tanea auch. Zwei Männer, eine Frau und sie, dafür war ihre Kochgrube gewiß viel zu klein. Ich werde nur wenig essen, nahm sie sich vor, damit die anderen satt werden.

Die duftende Brühe war auch den Männern in die Nase gestiegen. Zuerst stemmte sich Ezuk auf seinen Krücken hoch. Er warf einen Blick auf Tanea und Kirka, dann humpelte er hinaus. Als er wenig später wieder hereinkam, war auch Jonk aufgewacht. Er war verlegen, weil er so fest geschlafen hatte.

Kirka reichte Tanea das Kind. Erschrocken wollte

Tanea abwehren. Wenn sie es nun fallen ließ! Aber dann erwachte ein seltsames Gefühl der Zärtlichkeit in ihr, als sie das kleine Gesicht betrachtete. Alles war so winzig. So etwas hatte sie noch nie gesehen. Vorsichtig strich sie mit dem Zeigefinger über die Nase, den Mund, den Haarflaum auf dem kleinen Kopf.

Jonk lobte das Essen, das Tanea bereitet hatte. Sie sah, daß auch er sich zurückhielt, damit die anderen genug bekamen. Später begutachtete er die Speerspitzen aus Feuerstein und die starken Schäfte, die Ezuk seit seiner Begegnung mit der Bärin nicht mehr benutzt hatte. Tanea konnte sie kaum heben. Sie waren zu schwer.

„Du kannst sie nehmen", sagte Ezuk zu Jonk. „Ich brauche sie nicht mehr."

Seine Worte klangen bitter. Jonk wog einen Speer in der Hand. Er nickte anerkennend. Dann sagte er: „Du wirst deine Waffen wieder brauchen, Ezuk. Deine Arme sind stark. In diesem Winter werde ich das Wild für uns aufspüren."

Tanea schaute von einem Gesicht ins andere. Meinte Jonk, was er sagte? Würde Ezuk wieder jagen können?

„Nimm Tanea mit", sagte Ezuk. „Sie weiß, wo die Wildwechsel sind, und kann gut mit der Wurfschleuder umgehen."

Verwundert schaute Jonk auf das Mädchen, das schnell in die Fellbeinlinge stieg, die eigentlich Ezuk gehörten. Sie waren zu groß, aber Tanea band sie mit einem Riemen unter ihrem Kittel fest an den Leib. Dann zog sie die Fellstiefel darüber.

„Mädchen jagen aber nicht ...", sagte Jonk unsicher.

„Wenn sie hungern, jagen auch Frauen!" sagte Ezuk so, daß kein Widerspruch möglich war.

Tanea spürte, wie ungern Jonk sie mitnehmen wollte. Ich werde ihm zeigen, was ich von Ezuk gelernt habe, dachte Tanea trotzig.

Sie stapfte wütend hinter ihm durch den Schnee. Plötzlich drehte sich Jonk um. Er lachte. „Warum bist du böse auf mich?" fragte er. „Bei uns ist es nicht üblich, daß Mädchen und Frauen jagen. Aber hier war es wichtig. Also, zeig mir, was du kannst."

Tanea war schnell versöhnt. Sie lief jetzt neben ihm. „Was tun die Frauen und Mädchen bei den Menschen am Großen Fluß?"

„Sie bereiten die Mahlzeiten, sie suchen Beeren und Kräuter, sie gerben die Felle, damit sie weich werden ..."

„So wie das von heute nacht?"

„Ja, und noch viel schöner. Es gehört dir."

Tanea errötete vor Freude. „Es ist weich und sehr warm. Ich werde darunter nicht frieren."

Dann ging sie dem Mann voran. Sie wußte, wo man auf großes Wild warten mußte. Manchmal hatte sie sehr lange mit Ezuk im Versteck gehockt, bevor sich Tiere zeigten: Hirsche, Elche, manchmal auch ein Wollnashorn.

Jonk sah die Spuren im Schnee und nickte zufrieden. „Das ist eine gute Stelle", sagte er.

Er duckte sich neben Tanea ins Gebüsch, das hier die weite Grasfläche unterbrach. Sie waren aus dem Tal auf die Hochfläche hinaufgestiegen, wo der eisige Wind viel stärker blies. Das dornige Gebüsch hielt den Wind kaum ab. Aber von hier aus hatten sie eine gute Sicht und konnten das Wild schon von weitem sehen. Der Wind stand günstig, so daß die Tiere keine Witterung von ihnen aufnehmen konnten.

Tanea hing ihren Gedanken nach. Sie war es nicht gewöhnt, beim Warten zu reden. Deshalb wunderte sie sich, als Jonk fragte: „Wie alt bist du, Tanea?"

Sie hielt ihm beide Hände hin. „Fast so viele Kerben hat Ezuk für mich in den Fels geritzt. Wenn die dunklen Tage kommen, werden es so viele sein."

56

Jonk nickte. „Ich habe eine Schwester. Sie ist so alt wie du. Aber sie war noch nie mit mir auf der Jagd."

„Warum nicht? Es ist schön. Ich bin immer gerne mit Ezuk gegangen, seit ich denken kann. Und dann mußte ich allein jagen und Fallen aufstellen. Aber es waren immer nur kleine Tiere. Ich hoffe, uns begegnet heute eines, wovon wir alle satt werden."

Jonk stand auf und stützte sich auf den schweren Speer, den Ezuk ihm mitgegeben hatte. Er nickte nur zu Taneas Worten. Sie warteten noch lange und waren vor Kälte schon ganz steif. Plötzlich wies Tanea in die Richtung, aus der die Spuren anderer Tiere gekommen waren. „Da! Ein Elch!" flüsterte sie aufgeregt.

Jonk wurde vom Jagdfieber gepackt. Hinter dem Elch erkannte er noch weitere Tiere. Die Fährten kamen ganz nahe an ihr Versteck heran. Jonk stand angespannt und regungslos, bereit, seinen Speer zu schleudern. Er hatte nur den einen Speer, aber er hielt auch das lange, scharfe Steinmesser griffbereit, um dem Elch den Todesstoß zu versetzen.

Tanea wagte kaum zu atmen. Auch sie hatte ihr Messer in der Hand. Die Wurfschleuder hatte sie beiseite gelegt. Damit konnte sie diesmal nichts ausrichten. Aber sie wollte Jonk beistehen, falls er den Elch nicht sofort niederstrecken konnte.

Sie hatte ein Gefühl, als ob sie mit Ezuk zusammen sei. Er hatte immer den gleichen Ausdruck im Gesicht gehabt, wenn er jagdbereit war.

Dann ging auf einmal alles ganz schnell. Fast lautlos glitt Jonk aus dem Versteck und schleuderte seinen Speer. Der Elch knickte mit den Vorderbeinen ein, da sprang Jonk schon auf ihn zu und bohrte ihm das Messer in die Kehle.

Tanea schrie laut ihren Jubelruf. Die Tiere, die hinter dem Elch in der Fährte liefen, stoben erschreckt davon.

Das Blut des Elches lief in den Schnee. Jonk trank davon, auch Tanea konnte nicht genug bekommen. Dann galt es, rasch zu handeln.

„Wir müssen das Tier aufbrechen und häuten, bevor es gefriert", sagte Jonk und begann sofort mit der Arbeit. Er staunte, wie geschickt Tanea ihm zur Hand ging. Jeder Griff war richtig. Sie hatte in Ezuk einen guten Lehrmeister gehabt.

Es war unmöglich, das stattliche Tier ganz wegzubringen. Sie konnten nur einen Teil des Fleisches und der Eingeweide auf einmal mitnehmen. Aber auch dafür wußte Tanea Rat.

„Wir müssen das Fleisch vor wilden Tieren schützen", sagte sie, und sie begann, dornige Äste abzuschneiden und um das Tier zu legen, das inzwischen schon fast erstarrt war. Sie schob Äste auch unter den Tierkadaver und warf immer wieder Schnee dazwischen. Jonk sah schnell, was sie vorhatte. Wenn sich ein Raubtier an die Beute machen wollte, würde es sich an den Dornen verletzen und nicht so schnell zum Ziel kommen.

Tanea ließ es damit nicht genug sein. Sie schaufelte soviel Schnee wie nur möglich darüber, so daß zum Schluß nur noch ein festgestampfter Schneehügel zu sehen war. „Gut", lobte Jonk. „Wir kommen gleich morgen wieder her, um zu holen, was wir jetzt nicht mitnehmen können."

„Es wird wieder schneien", meinte Tanea mit einem Blick zum Himmel. „Das ist gut."

Jonk staunte wieder, als er sah, welche Last sich Tanea auflud. „Das ist zuviel für dich", bestimmte er und nahm ihr den größten Teil ihrer Last ab.

Auf dem Rückweg sprachen sie kaum. Aber jeder hing seinen Gedanken nach.

Jonk dachte an Kirka und das Kind, das sie geboren hatte. Einen Sohn konnte er mitbringen, wenn sie im Frühjahr ihren Weg fortsetzten, um zu den Menschen

58

am Fluß zurückzukehren. Und ich werde ihnen von Ezuk erzählen, dessen Leben die Bärin verschonte, obwohl er sich nicht gewehrt hat. Wenn der Bärin das Opfer groß genug war, durften da die Menschen kleinlich sein?

Tanea lief voller Stolz vor Jonk her. Wir werden alle satt sein, dachte sie. Ich habe Jonk bewiesen, daß ich nicht nur Kochsteine ins Feuer legen kann, sondern auch auf der Jagd etwas tauge. Und Kirka werde ich darüber ausfragen, was die Frauen lernen müssen. Der Winter ist noch lang.

Der Rückweg war weit und beschwerlich. Immer wieder sanken sie in den tiefen Schnee ein. Der Wind blies ihnen entgegen, und es begann tatsächlich wieder zu schneien. Endlich erreichten sie die Höhle.

Tanea warf ihre Last ab und taumelte regelrecht in die Höhle hinein. Kirka legte das Kind auf ihr Lager und half Tanea aus der vereisten Fellkleidung. Dann erst wandte sie sich Jonk zu. Der lachte fröhlich, als er das Fleisch hereinzerrte. Auch Ezuk freute sich darüber, daß sie gleich am ersten Tag als glückliche Jäger heimgekehrt waren.

Tanea war todmüde. Sie schlüpfte unter ihre warme Pelzdecke und zitterte vor Erschöpfung. Kirka kam zu ihr und rieb ihr die Hände und die Füße warm. Dann brachte sie ihr einen heißen Tee. „Ruh dich ein wenig aus, Tanea. Ich werde das Fleisch braten und eine kräftige Brühe ..."

Was Kirka sonst noch sagte, hörte Tanea schon nicht mehr. Sie war eingeschlafen. Nur einmal spürte sie, daß auch Ezuk zu ihr kam. Es bereitete ihm Mühe, sich mit den Krücken zu ihr hinunterzubeugen. Als er ihr dann mit seiner großen Hand das verschwitzte Haar aus dem Gesicht strich, hatte Tanea den Wunsch, es möge alles immer so bleiben wie im Augenblick.

Wieviel Zeit vergangen war und wie lange sie geschlafen hatte, wußte Tanea nicht. Auf jeden Fall war es dunkel geworden, und die schwere Plane, die den Wind hinderte, in die Höhle hineinzufauchen, war schon mit Steinen festgemacht, was sie sonst abends immer tat. Wer hatte das für sie übernommen? Irgendwie fühlte sich Tanea wohl bei dem Gedanken, sich nicht mehr allein um alles sorgen zu müssen. Sie blinzelte unter dem warmen Pelz hervor zur Feuerstelle. Von dort kam der wunderbare Duft von gebratenem Fleisch. Der lang entbehrte Geruch hatte ihr wohl den Schlaf vertrieben. Mit tiefen Atemzügen sog Tanea den Bratenduft ein.

Um das Feuer saßen Ezuk, Jonk und Kirka. Sie hatten das Fleisch in kleinen Stücken auf Spieße gesteckt und drehten sie ab und zu, damit es auf allen Seiten garte. Tanea streckte sich behaglich noch einmal unter ihrem dicken Pelz aus. Für sie steckte auch ein Spieß über dem Feuer, das hatte sie sofort gesehen.

In der Kochgrube dampfte eine Brühe aus Knochen und Gewürzen. Tanea bezweifelte, ob sie nach dem anstrengenden Tag noch imstande gewesen wäre, dieses reichliche Mahl zu bereiten. Ich hätte alles in die Höhle gezerrt und wäre unter meine Felle gekrochen, um zu schlafen, dachte sie. Und sie war den anderen richtig dankbar dafür, daß sie sich um nichts mehr hatte kümmern müssen.

Kirka stand von ihrem Platz am Feuer auf und schaute nach dem Kind, das ein wenig wimmerte, aber sofort still war, als es von der Mutter hochgenommen und in den Armen gewiegt wurde. Tanea versuchte, sich vorzustellen, wie ihre Mutter sie in den Armen gehalten hatte. Aber es gelang ihr nicht.

Als Kirka das Kind wieder auf ihr Fellager legte, kam sie auch zu Tanea. „Hast du dich ein wenig ausgeruht?" fragte sie freundlich. „Du wirst auch gleich deinen Hunger stillen können."

Tanea stützte sich auf ihren Ellenbogen hoch. „Ich habe fest geschlafen", sagte sie und war ein wenig verlegen. „Hast du das alles für mich gemacht?"

„Ezuk und Jonk haben mir dabei geholfen. Ich konnte das Fleisch nicht zerkleinern. Es war zu hart gefroren."

Als sich Tanea aus den warmen Fellen wickelte, reichte ihr Kirka zwei wunderschön gearbeitete Fellschuhe. „Ezuks sind dir ein bißchen zu groß", sagte sie. „Nimm die hier, ich brauche sie jetzt nicht. Und morgen nähe ich dir auch Beinlinge."

Tanea streifte die Fellschuhe über ihre Füße. So schöne hatte sie noch nie besessen. Ob Kirka sie auch selbst gemacht hatte?

Wenig später hockte sie mit den anderen am Feuer und ließ sich das gebratene Fleisch schmecken. Es war mit einem Gewürz versehen, das Tanea nicht kannte.

„Das ist Salz", erklärte Jonk. „Kirkas Leute haben mir einen Beutel davon mitgegeben. Wir werden auch in unserer Gegend danach suchen. Vielleicht finden wir eine Stelle, wo es diese Kristalle gibt."

Ezuk nickte. „Ich denke, so wie du mir das Gestein beschrieben hast, müßte es welches geben." Er äußerte einige Vermutungen, wohin Jonk sich wenden konnte, um vielleicht eine solche Stelle zu finden.

Tanea fühlte sich wohl. Seit langem hatte sie nicht mehr so reichlich gegessen. Und auch nicht so gut, dachte sie. Dieses Salz, wie Jonk es nannte, würzte auch die Brühe gut.

Am liebsten aber schaute sie in Ezuks Gesicht. Lange hatte sie ihn nicht so gesehen. Er saß so, daß die Narbe in seinem Gesicht im Schatten war. Seine Stimme hatte wieder einen festen Klang, und die Bewegungen seiner Hände, mit denen er das Gespräch begleitete, waren lebhaft. Tanea freute sich darüber. Warum nur hatte Ezuk bisher nichts mit den Menschen zu tun haben wollen? Es war doch viel schöner und abwechslungsreicher, wenn sie nicht allein waren.

Jonk wandte sich jetzt an Tanea. „Ob du wohl mit mir kommen kannst, um den Elch hierherzubringen?"

Erstaunt nickte Tanea. „Wie solltest du ihn sonst von dort bis in die Höhle tragen?"

Kirka mischte sich ein. „Für Jonk ist es neu, ein Mädchen mit auf der Jagd zu haben. Er erzählte uns, wie gut du das kannst."

Verwirrt durch das Lob schaute Tanea auf Ezuk. Der war immer sehr sparsam mit Lob gewesen. Aber sie sah ihm jetzt an, wie stolz er auf sie war.

Jonk entwickelte unterdessen mit Ezuk einen Plan, wie das schwere Tier am besten befördert werden könnte. „Ein Boot müßten wir haben!" sagte er.

Das Wort Boot war neu für Tanea. Aber sie wollte Jonk nicht fragen. Sie wollte lieber Ezuk fragen, wenn sie mal wieder mit ihm allein war. Sie mußte ihn nach so vielem fragen!

Ezuk sagte: „Bei dem Schnee ginge das mit dem Boot. Aber man kann den Elch auch mit Stangen ziehen, wenn man ein Fell dazwischen befestigt ..."

Das kannte Tanea, und so konnte sie sich wieder am Gespräch beteiligen. Sie nahm einen angebrannten Ast aus dem Feuer und ging damit in den engen hinteren Teil der Höhle, wo sie verschiedene Vorräte und unbearbeitete Tierhäute aufbewahrte. Als sie eine Hirschhaut hervorzerrte, schaute sie zu der Stelle, wo sie das Bündel mit den Resten von Kirkas Geburt abgelegt hatte. Aber es war nicht mehr da.

Tanea zog die steife Tierhaut in den vorderen Teil der Höhle. Dann holte sie zwei dünne Baumstämme, die an der Höhlenwand lehnten und die Ezuk schon früher oft dazu gedient hatten, eine Jagdbeute in die Höhle zu bringen.

„Man muß es miteinander verbinden", sagte sie und

warf auch gleich einige Lederstreifen dazu. Sie halfen alle mit, eine feste Rutsche anzufertigen.

„So wird es gehen", meinte Jonk.

Tanea zog sich wieder auf ihr weiches Lager zurück. „Morgen werde ich die schönen Fellschuhe anziehen", dachte sie, bevor sie einschlief.

Den Schneesturm, der nachts durch das Tal gefegt war, hatte Tanea verschlafen. Sie wunderte sich nur, daß es überhaupt nicht hell werden wollte. Dann hörte sie, wie sich Jonk gegen die schwere Plane am Eingang stemmte und laut schimpfte. Auch Ezuk stieß mit einer seiner Krücken gegen die Schneelast, die sich vor der Höhle aufgetürmt hatte.

„Wir sind eingeschneit", lachte er.

Dann begannen die beiden, sich durch den Schnee nach draußen zu arbeiten. Es dauerte nicht lange, bis sie den Eingang wieder freigelegt hatten. Tanea freute sich über Ezuk. Seit Jonk und Kirka da waren, schien er wieder neuen Lebensmut gefaßt zu haben. Was hatte er mit Jonk gesprochen, als sie abends so lange am Feuer zusammengesessen hatten? Warum hatte er das mit ihr nie besprochen, wenn es ihn wieder froh sein ließ?

Kirka ließ das Kind an ihrer Brust trinken. Tanea setzte sich zu ihr und beobachtete, wie der Kleine schmatzte. „Braucht er kein Fleisch und keine fette Brühe?" fragte sie.

„Nein, Tanea. Die Milch in meiner Brust ist alles, was er braucht. Es wird noch lange dauern, bevor er einen Knochen abnagen kann."

Sie lachte und streichelte den kleinen Kopf. Tanea nickte zu der letzten Bemerkung, die von Kirka wohl eher scherzhaft gemeint war. „Er hat ja auch keine Zähne."

Sie war sehr begierig, alles zu erfahren, was mit dem

Kind zusammenhing. „Kann ich auch ein Kind bekommen?"

Kirka lächelte ein wenig. „Wenn du eine Frau geworden bist, wirst du auch Kinder bekommen, Tanea."

„Und wann werde ich eine Frau sein?"

Kirka sah sie an. „Vielleicht schon bald?"

„Warum ist dein Bauch jetzt nicht mehr dick?"

Wieder lächelte Kirka. „Das Kind ist doch jetzt hier draußen."

Tanea konnte nicht weiterfragen, weil Jonk sie zum Mitgehen aufforderte. Schnell schlüpfte sie in die warmen Kleider. Jonk wartete draußen schon. Sie freute sich darauf, mit ihm unterwegs zu sein. Ihre Fragen konnte sie Kirka später immer noch stellen. „Setz dich", forderte Jonk sie auf. Als sie auf der Plane zwischen den beiden Stangen saß, nahm Jonk die Enden unter die Arme und zog sie schnell über den Schnee. Tanea jubelte vor Vergnügen. Das war wie mit Ezuk, der sie im Winter auch oft so gezogen hatte. Als es bergauf ging, sprang Tanea von ihrer Rutsche ab. Jonk schien es ebenfalls Spaß gemacht zu haben. Seine Augen blitzten. „Und jetzt holen wir uns das Fleisch!"

Sie sahen den Schneehügel, unter dem der Elchkadaver lag, schon von weitem. Spuren wiesen darauf hin, daß schon etliche Raubtiere versucht hatten, an ihre Beute zu kommen. Der festgestampfte Schnee und die Dornen darunter hatten sie aber wirksam abgehalten.

Tanea untersuchte die Spuren aufmerksam. „Die Wölfin war auch da", sagte sie. „Ich habe ihr immer etwas zurückgelassen ..."

Sie war sehr nachdenklich geworden. Jonk bemerkte das, als er mit einer Geweihgabel des Elches, die sie zurückgelassen, aber nicht eingegraben hatten, den festgestampften Schnee wegscharrte.

„Was ist das für eine Wölfin?" fragte er.

Tanea zerrte am freigelegten Dornengestrüpp. Sie

zog so kräftig, daß sie hintenüberfiel und zappelnd im Schnee lag. Aber sie lachte nicht über ihr Mißgeschick.

„Ich kenne sie seit drei Sommern", erzählte sie. „Sie kommt nie ganz nahe an mich heran. Ich glaube, sie beobachtet mich. Als Ezuk so krank war, und ich ganz allein für Nahrung sorgen mußte, hatte ich manchmal das Gefühl, sie treibt mir die Beute zu. Da habe ich ihr dann immer etwas davon abgegeben."

Jonk arbeitete kräftig weiter. Ihm wurde dabei so warm, daß er seinen Fellüberwurf auszog. Bald hatten sie die Reste des Elches so weit freigelegt, daß sie diese, wenn auch unter großer Anstrengung, auf ihre Fellrutsche ziehen konnten. Jonk band alles mit Riemen fest. Dann nahm er seine schwere Steinaxt und schaute Tanea fragend an: „Ob sie es findet, wenn wir ihr etwas dalassen?"

Tanea errötete vor Freude. Jonk lachte sie nicht aus. Er glaubte ihr die Geschichte mit der Wölfin. „Sie wird es finden, weil ich sie rufen werde."

„Rufen?" Der Mann schwang schon seine Axt und schlug ein Stück vom Hinterlauf ab.

Tanea stieß einen hellen Ruf aus, der weit über die Hochebene schallte. Dann noch einen und noch einen.

„Komm!" sagte sie. „Sonst wagt sie sich nicht heran. Dich kennt sie noch nicht."

Mit der Rutsche ließ sich die Jagdbeute leicht über den Schnee ziehen. Als sie eine Weile gelaufen waren, blieb Tanea stehen. Ihr Gesicht strahlte vor Zufriedenheit, als sie dorthin zeigte, wo sie für die Wölfin ein Stück Fleisch zurückgelassen hatten. „Siehst du sie? Sie hat mich gehört. Und jetzt hat sie auch deinen Geruch aufgenommen. So wie Ezuks."

Jonk kam aus dem Staunen nicht heraus. „Ich hätte sie sehen müssen. Woher kam sie so schnell?"

Tanea zuckte nur mit den Schultern. Dann nahm sie

wieder die Stange auf, und sie gingen weiter. Jetzt hatten sie genug Nahrung für viele Tage.

Tanea war einige Zeit lang schweigsam. Jonk ließ sie ihren Gedanken nachhängen. Als sie schon wieder von der Hochebene ins Tal hinunterstiegen, sagte sie: „Ezuk erzählte mir einmal, meine Mutter habe in einem Clan gelebt, der den Wolf als Totemtier hat. Und er verbot mir, jemals einem Wolf etwas zuleide zu tun."

Jonk nickte. Deshalb fühlte sich Tanea also der wilden Wölfin so nahe. Schweigend gingen sie zurück zur Höhle.

Jonk nahm Tanea nicht immer mit, wenn er jagte. Auch Ezuk wollte, daß Tanea von Kirka lernte, was Mädchen wissen sollten. Erst nahm Tanea Kirkas Unterweisungen ziemlich ernst. Doch bald sehnte sie sich nach ihrem ungebundenen Leben, das sie vorher allein mit Ezuk hatte. Sie mühte sich vergeblich ab, ein Fell so weich zu bekommen, wie Kirka es durch tagelanges Kneten und Kauen schaffte. Immer wieder sprang sie auf und lief nach draußen. „Warum soll ich mir die Zähne daran zerkauen, wenn es andere Möglichkeiten gibt, ein Fell weich zu bekommen? Du hast mir doch davon erzählt, Kirka. Machen wir es auf die andere Art."

Kirka bemühte sich, geduldig zu sein. „Dazu haben wir jetzt nicht die richtigen Zutaten ..."

„Dann warten wir, bis wir sie haben!"

Und ehe Kirka Einspruch erheben konnte, war Tanea wieder draußen. Ezuk ließ sie gewähren und bat Kirka um Geduld. „Ich konnte ihr nur das beibringen, was ich selbst weiß", sagte er. „Und was ich von ihrer Mutter gelernt habe ..."

Er sprach nicht weiter, und Kirka drängte ihn auch nicht dazu. Ezuk kramte unter seinen Sachen, dann fand er, was er suchte. Mit dem durchsichtigen, gelben Stein verließ er die Höhle. Er wartete darauf, daß Tanea von ihrem Streifzug zurückkehrte. Ich werde ihr den Stein heute geben, nahm er sich vor. Vielleicht wird sie dann eher bereit sein, von Kirka etwas zu lernen.

Er spürte, wie der Stein die Wärme seiner Hand annahm. Es war, als käme damit die Wärme von Taneas Mutter zu ihm zurück. Ich werde Tanea zu den Menschen des Bärenclans bringen, versprach er in Gedanken der Frau, die Tanea geboren hatte. Die Kraft, mehr für sie zu tun, habe ich nicht mehr. Und noch einen Winter hier überleben wir nicht. Aber dein Kind soll leben!

Wenige Zeit später kam Tanea zurück. Triumphierend schwenkte sie ein Kaninchen, das sie mit ihrer Wurfschleuder erlegt hatte. „Es hat ein schönes Fell, aber nur wenig Fleisch auf den Knochen."

Ezuk winkte sie zu sich. Er saß auf seinem Ausguckstein. Kirka hatte ihm fürsorglich seinen Umhang herausgebracht. Tanea runzelte die Stirn, als sie zu ihm hinging. Würde er sie schelten, weil sie vorhin davongelaufen war?

Ezuk hielt ihr die geschlossene Hand hin. „Was ist darin?" wollte Tanea sofort wissen. Sie betastete seine Hand wie früher, wenn er sie raten ließ, was er für sie mitgebracht hatte. „Ein Stein", riet sie. „Für mich?"

„Für dich." Ezuk öffnete die Hand und gab ihr den gelben Stein, der fast durchsichtig war und in dessen Innerem ein kleines Insekt eingeschlossen war.

„Woher hast du ihn?" Tanea sah sofort, daß dieser Stein etwas Besonderes war. Kirka besaß eine Kette aus bunten Muscheln. Aber dieser Stein war mehr als nur ein Schmuckstück. „Ein Amulett?" fragte sie, als sie sich daran erinnerte, was ihr Ezuk zur Bedeutung von Aruns Talisman gesagt hatte.

„Ja, Tanea. Deine Mutter trug es um ihren Hals. Und jetzt sollst du es bekommen."

Ezuk schloß noch einmal seine Hand zur Faust, bevor

67

er Tanea das Amulett umhängte. Sie faßte danach, um es noch einmal genau zu betrachten.

„Er ist ganz warm", stellte sie fest. „Und wie heißt der Stein meiner Mutter?"

Ezuk überlegte, so als müsse er sich eine lange nicht gehörte Stimme ins Gedächtnis zurückrufen. „Sie sagte, es sei Bernstein."

Er hatte ein wenig Angst vor weiteren Fragen. Aber Tanea fragte nichts. Sie lehnte sich an ihn und behielt den Stein in ihrer Hand.

Es gab Nächte, in denen Tanea nach draußen lauschte. Einmal stand sie auf und schob die schwere Plane ein wenig beiseite. Sie zitterte vor Kälte. Aber dann hörte sie es genau: Die Wölfin heulte. Lang und klagend war ihr Ruf. Tanea war voller Unruhe.

Als sie die Lederplane wieder befestigen wollte, spürte sie Hände, die ihr dabei halfen. Es war Ezuk. Sie hatte ihn nicht gehört, weil sie so angestrengt nach draußen gelauscht hatte. „Die Wölfin", sagte sie leise. „Warum klagt sie?"

„Ich weiß es nicht", gab Ezuk zu. „So nahe kam sie nie an die Höhle heran. Sie wird hungern."

Tanea fror. Sie nahm ihren Fellumhang und wickelte sich hinein. Dann ging sie zur Feuerstelle, wo sich Ezuk schwerfällig niedergelassen hatte. „Hast du Schmerzen und kannst nicht schlafen?" fragte sie voller Mitgefühl. „Kirka hat mir eine Medizin gezeigt, damit kann ich dein Bein einreiben."

„Nein, bitte bleib hier, Tanea. Meine Schmerzen sind nicht schlimmer als sonst auch." Ezuk schürte die Glut ein wenig und legte Tanea an jeden Fuß einen warmen Stein, den er von der Umrandung der Feuerstelle genommen hatte. „Damit du nicht so frierst", sagte er fürsorglich.

Tanea war froh, daß er sie nicht wegschickte. Sie

schaute nach Kirka und Jonk. Die beiden schliefen fest, das Kind lag zwischen ihnen.

Ezuk lächelte ein wenig, aber es schien, als gelte das Lächeln nicht Kirka und Jonk, sondern einer Erinnerung. „So schliefen wir auch unter unseren Fellen, deine Mutter, du und ich", sagte er.

Tanea wußte, er würde diesmal ihre Fragen beantworten. Es war eine gute Zeit dafür, und niemand würde ihr Gespräch stören.

Bevor sie fragen konnte, sprach Ezuk von selbst. „Sie war weit gelaufen und fast erfroren, als ich euch fand. Ich war einer Wolfsspur gefolgt, aber wie durch einen Zauber war der Wolf immer verschwunden, wenn ich glaubte, ich könne ihn jetzt erlegen."

„War es *die* Wölfin, Ezuk?" fragte Tanea aufgeregt.

Ezuk lachte ein wenig verlegen. „Nein, diese sicher nicht. Später erzählte mir deine Mutter von ihrem Clan, dem Wolfsclan. Sie war davon überzeugt, eine Wölfin habe mich zu ihr geführt."

Versonnen stocherte Ezuk im niedrig gehaltenen Feuer herum. Tanea sagte leise: „Das hat sie bestimmt getan. Warum ging meine Mutter weg vom Wolfsclan?"

Ezuks Gesicht wurde hart. Der Widerschein des Feuers ließ seine Augen funkeln, und hätte Tanea ihn nicht genau gekannt, sie wäre vor Furcht davongelaufen. So aber fragte sie nur noch einmal: „Warum, Ezuk?"

Er senkte den Kopf und sagte: „Wir waren beide Ausgestoßene. Sie und ich. Du darfst sie nicht verurteilen, Tanea. Einmal mußt du es ja erfahren, und vielleicht ist es jetzt an der Zeit."

„Wen soll ich nicht verurteilen, Ezuk? Die Frau, die meine Mutter ist – meine Mutter war?"

„Nein, Tanea. Sie trifft keine Schuld. Und auch die anderen nicht. Es ist immer so gewesen, daß Neugeborene, die zu schwach waren, um zu überleben, ausgesetzt worden sind. Das wurde gemeinsam beschlossen.

Und die Frau, die das Kind geboren hatte, mußte sich fügen. Im Clan dürfen nur die Stärksten heranwachsen, die, die den anderen später nicht zur Last fallen."

Tanca war empört. „Und da haben sie mich ausgesetzt? Im Winter, bei der Kälte?"

„Ja, Tanea. Aber deine Mutter ließ dich nicht allein. Sie floh mit dir, obwohl sie wußte, sie würde dadurch auch sterben."

In Taneas Augen glitzerten Tränen. „Und da hat die Wölfin dich zu ihr geführt."

Ezuk nickte. „Deine Mutter hat dann mit dir und mir in dieser Höhle gelebt. Du kennst die Kerbe, die ich neben deine Lebensjahre geritzt habe."

„Ich habe oft meine Finger drauf gelegt", gestand Tanea. „Du hast mir gesagt, meine Mutter wäre gestorben. Warum lebt sie nicht mehr bei uns?"

„Deine Mutter ist krank geworden. Sie hatte keine Kraft mehr. Jetzt lebt sie in meinen Gedanken und nun auch in deinen."

Tanea faßte nach dem Stein, den sie um ihren Hals trug. „Er ist immer warm. Ich denke oft an sie, seit ich weiß, was das Wort Mutter bedeutet. Kirka hat es mir erklärt. Aber ich kann mir nicht vorstellen, wie sie aussah."

Ezuk sah das Mädchen an. „Du wirst ihr immer ähnlicher, Tanea. Ich denke, wenn du eine Frau bist, siehst du aus wie sie."

Tanea wollte weiterfragen, aber Ezuk deckte das niedergebrannte Feuer wieder ab. „Du hast für heute genug gefragt. Schlaf noch eine Weile."

Nachdenklich stand Tanea auf. Sie legte die erkalteten Steine wieder in die Umrandung der Feuerstelle zurück. „Vielleicht ist sie die Wölfin geworden, die mich manchmal begleitet", sagte sie leise. Ezuk hatte es trotzdem gehört. Gutmütig sagte er: „Schon möglich, du Tochter der Wölfin."

Tochter der Wölfin! Diese Worte folgten ihr bis in den Schlaf. Sie hörte das klagende Heulen und warf sich unruhig hin und her. Was ihr Ezuk eben erzählt hatte, verursachte ihr schwere Träume. Als sie am Morgen erwachte, war sie noch ganz benommen. Sie konnte das, was Ezuk ihr erzählt hatte, nicht mehr von ihren Träumen trennen. Aber sie wagte auch nicht, darüber zu sprechen.

Jonk war jeden Tag unterwegs. Wenn er ohne Jagdbeute zurückkam, war er traurig und beschämt. Dann zog er noch einmal los, um auf die Rutsche soviel Brennholz zu laden, wie er nur finden konnte. Tanea ging dann mit ihm. Sie mußten oft sehr weit laufen, denn brauchbares Holz fand sich in ausreichender Menge erst außerhalb des Tales, dort, wo der Bach dem Großen Fluß zustrebte.

Tanea versuchte, Jonk unterwegs aufzuheitern. „Im Winter ist es schwer, großes Wild zu jagen. Einen Elch findet man nicht immer."

Jonk antwortete nicht. Er hing seinen Gedanken nach. Aber Tanea wollte ihn wieder froh sehen. Ihr war nicht entgangen, daß er jeden Tag müde und einsilbig am Feuer saß. Sie formte einige Schneebälle und warf sie ihm hinterher, bis er sich lachend umdrehte und sie ebenfalls mit Schnee bewarf. Tanea fiel auf die Rutsche, und Jonk ergriff die beiden Stangen und rannte mit ihr davon. Lachend und atemlos hielt er endlich an.

Tanea freute sich, weil sie seinen Trübsinn vertrieben hatte.

„So müßten wir Ezuk davonziehen", sagte sie. „Dann könnten wir ihn endlich mal aus der Höhle herausbekommen."

Der Gedanke beschäftigte sie noch, als sie mit Jonk Brennholz auf die Rutsche türmte und mit Riemen festzurrte. „Kirka darf nicht schutzlos bleiben", gab

Jonk zu bedenken. „Aber Ezuk mit mir auf der Jagd, das könnte ich mir schon vorstellen."

„Dann bleibe ich bei Kirka und dem Kind", versprach Tanea großmütig. Ihr lag viel daran, Ezuk eine Freude zu machen.

„Wir werden ihn fragen, ob er das will." Jonk ergriff beide Stangen der Rutsche. Tanea konnte neben ihm laufen, ohne eine Last zu ziehen. Sie wußte, daß Jonk kräftig war und es ihm nichts ausmachte.

An diesem Tag war es spät geworden, und es wurde schon dunkel, als sie ins Tal zurückkehrten. Tanea blieb hinter Jonk zurück. Es war nur das Gleiten der Rutsche auf dem Schnee zu hören. Und doch spürte Tanea: Es ist noch jemand da. Sie wagte einen Blick nach hinten, und ihr Herz machte vor Freude einen Sprung. In der einbrechenden Dunkelheit leuchteten die Augen der Wölfin, die ihnen in gebührendem Abstand folgte. Als sie die Holzladung die kleine Steigung zur Höhle hinaufzerrten, waren die Augen des Tieres verschwunden.

An diesem Abend erfuhr Tanea auch, warum Jonk so sorgenvoll aussah in letzter Zeit. Das Kind verweigerte die Nahrung und wurde von Tag zu Tag schwächer. Kirka konnte es nicht mehr vor Ezuk und Tanea verschweigen.

„Hast du etwa geglaubt, ich werde dich zwingen, das Kind den wilden Tieren zu opfern?" fragte Ezuk zornig.

Tanea ahnte, was in ihm vorging. Über Kirkas Gesicht liefen Tränen. Sie drückte das Kind an sich. Jonk stand mit zusammengepreßten Lippen neben ihr.

„Warum trinkt er nicht?" fragte Tanea in die Stille, weil keiner etwas sagte. Das Schweigen der anderen wurde unerträglich. Sie hatte in den letzten Tagen unbewußt das laute Schreien des Säuglings vermißt. Es war nur noch ein leises Wimmern gewesen.

„Er ist ganz heiß", sagte Kirka. „Das Fieber hat ihm die Kraft genommen. Böse Geister sind über ihn hergefallen."

Ezuk winkte ärgerlich ab. Dann wandte er sich an Jonk. „Vertraust du mir? Ich werde jetzt Ungewöhnliches von dir verlangen. Es ist auch möglich, daß das Kind es nicht übersteht."

In Jonks Gesicht glomm Hoffnung auf. „Sag es."

Ezuk berichtete in kurzen Worten, wie er und Taneas Mutter das Fieber besiegt hatten, als Tanea krank war. „Sie war damals nur wenig älter als dein Kind, Kirka. Sie war schwächer als dein Sohn, und sie lebt."

Tanea suchte die Kräuter zusammen, mit denen sie im Sommer Ezuks Fieber behandelt hatte. Die warf sie in das Wasser in der Kochgrube und legte heiße Steine dazu. Kirka wollte das Kind nicht aus den Armen geben. Doch Jonk war bereit, das zu tun, was Ezuk vorgeschlagen hatte. Er nahm den Säugling auf den Arm und wies Kirka an, die Felle, in denen er eingewickelt war, mit heißen Steinen zu wärmen. Dann ging er mit dem nackten Kind auf den Armen in die beißende Kälte der Nacht hinaus. Ezuk schleppte sich auf seinen Krücken hinterher. Auch Tanea folgte ihnen. Nur Kirka blieb weinend am Feuer zurück und wärmte die Felle.

Tanea sah, wie Jonk das Kind tief in den Schnee tauchte. Es dauerte nur wenige Herzschläge lang. Das Kind schrie durchdringend. Dann lief Jonk mit ihm in die Höhle zurück, und Kirka hüllte es in die vorgewärmten Felle. Sie flößte dem Kind auch immer wieder vom Fiebertrunk ein, den Tanea bereitet hatte. Jonk wiederholte das Eintauchen in den Schnee noch mehrmals in dieser Nacht. Tanea ging mit ihm und hielt die Lederplane so, daß er das Kind schnell wieder in die Höhle bringen konnte. Jonk sah nicht, was Tanea sah: die Augen der Wölfin. Sie heulte in dieser Nacht nicht. Als Jonk das Kind wieder in den Schnee tauchte, war die

73

Wölfin verschwunden. Tanea sagte: „Es ist jetzt genug. Dein Sohn wird gesund."

Verwundert schaute Jonk auf Tanea, die so sicher klang. Gegen Morgen sank das Fieber. Das Kind schlief erschöpft ein. Kirka blieb mit ihm am Feuer sitzen.

Auch Tanea kroch unter ihre warme Pelzdecke. Sie fiel sofort in einen traumlosen Schlaf. Als sie aufwachte, sah sie, daß Kirka das Kind an ihre Brust gelegt hatte. „Schau, Tanea, er trinkt wieder", sagte sie. Ihre Augen glänzten vor Glück.

Es gab Tage, an denen es unmöglich war, die Höhle zu verlassen. Eiskalter Wind trieb nadelspitzen Schnee durch das Tal, und alles schien erstorben zu sein. Tanea war jetzt froh darüber, zusammen mit Jonk so viel Brennholz herangeschleppt zu haben. Es war zwar lästig, weil das noch nicht ganz trockene Holz qualmte und der Rauch nur schwer nach draußen abziehen konnte, aber sie mußten wenigstens nicht frieren. Tanea schauderte es, wenn sie daran dachte, wie sie ohne Jonk und Kirka den Winter hätten überstehen sollen. Ezuk hatte recht gehabt, wenn er sagte: Wir werden verhungern und erfrieren.

Wir wären verhungert. Und wir wären erfroren. Es war ein Glück für uns, daß ich Kirka und Jonk getroffen habe.

„Warum seid ihr so spät zu den Menschen am Fluß aufgebrochen?" hatte Tanea gefragt, als sie einmal mit Kirka allein war. Sie wollte die Frage nicht vor Jonk stellen, weil sie spürte, welchen Vorwurf sie enthielt. Jonk hätte wissen müssen, wie weit der Weg zu seinen Leuten am Großen Fluß war.

Kirka ließ sich mit der Antwort Zeit. Dann gab sie zu: „Wir haben uns rechtzeitig auf den Weg gemacht. Jonk hatte ein Boot gebaut, mit dem wir ohne Mühe bis zu seinem Clan gekommen wären. Aber wir waren gerade zwei Tage unterwegs, da riß sich das Boot nachts los. Ich hatte es wohl nicht fest genug angebunden. Jonk trifft keine Schuld. Es war meine Aufgabe, das Boot zu entladen und ein Stück die Uferböschung hinaufzuziehen. Er sorgte für frisches Fleisch und ich …" Sie sprach nicht weiter.

Tanea aber wollte wissen, wie ein Boot aussieht und ob Jonk wieder eins bauen konnte.

„Es schwimmt auf dem Wasser. Und du kannst drin sitzen und mit dem Fluß schwimmen oder auch gegen den Fluß. Dann brauchst du Ruder. Aber rudern können nur die Männer, das ist sehr schwierig."

Tanea fragte und fragte. Als sie genug erfahren hatte, was das Bauen des Bootes betraf, atmete sie tief auf. „Ja, so wird es gehen", meinte sie zufrieden. Während sie geduldiger als sonst die schwierige Näharbeit verrichtete, die Kirka ihr beibrachte, arbeiteten ihre Gedanken: Ja, so wird es gehen. Ich werde Jonk bitten, ein Boot zu bauen, mit dem Ezuk zu den Menschen am Fluß kommen kann. Bis zum Großen Fluß werden wir laufen, und es wird viele Tage dauern, bis wir dort ankommen, weil Ezuk mit den Krücken viel mehr Zeit braucht. Aber er wird dann das Boot lenken können. Dazu braucht er nur die Arme und zwei Ruder. Warum hat er mir nie erzählt, wie die Menschen dort den Fluß nutzen?

Bevor sie mit Ezuk darüber reden wollte, mußte sie erst Jonk noch weiter ausfragen. Aber das war schwierig, weil sie nie mit ihm allein war, solange der eisige Sturm durch das Tal fegte und sie nicht mit ihm unterwegs sein konnte.

Die Männer schlugen mit schweren Steinen aus Feuersteinknollen die brauchbaren Stücke, um scharfe Klingen und Messer darauf anzufertigen. Jonk gab zu, daß er darin wenig Übung besaß. Aber er war ein gelehriger Schüler Ezuks. Bei dieser Arbeit unterhielten sie sich, und Tanea schnappte so manche Bemerkungen auf, aus denen sie sich zusammenreimte, warum Ezuk nicht zu seinen Leuten zurückgehen wollte. Warum behauptete Ezuk, er sei für die Menschen seines Clans tot? Er lebte doch. Und ein wenig stolz dachte Tanea: Ich habe ihn im Sommer in die Höhle zurückgebracht. Ohne mich wäre er sicher tot, und ich könnte nur in meinen Gedanken zu ihm sprechen.

Sie lauschte dem Gespräch der Männer, ohne ihre mühsame Näharbeit zu unterbrechen. Ihre Finger waren wund gestochen von der spitzen Ahle, die sie durch das Leder stechen mußte, um dann dünne Riemen nachzuschieben. Kirka hatte sie angewiesen, die Löcher in gleichmäßigen Abständen zu stechen, sowohl in dem einen Lederstück als auch in dem anderen. „Sonst kannst du sie nicht miteinander verbinden, und dein Sommerkittel ist schon so alt."

Sommerkittel! Tanea hätte am liebsten die lästige Näharbeit weggeworfen. Weit weg! Noch war kalter Winter. Wer dachte da an Sommerkittel? Wenn es warm war, brauchte man doch gar nichts anzuziehen. Aber vielleicht war das bei den Menschen am Großen Fluß anders? Kirka hatte all ihre Vorräte an weichem Leder aus dem großen Bündel herausgesucht, um auch für Jonk etwas zu nähen.

Wenn sie sich um das Kind kümmerte, ließ auch Tanea ihre Hände ruhen. Da konnte sie viel besser hinhören, was Ezuk und Jonk miteinander zu reden hatten.

„Du bist also wirklich fest entschlossen hierzubleiben, Ezuk?"

„Ja. Ich habe in ihren Augen etwas getan, was nur mit dem Opfer des Lebens gesühnt werden kann."

„Das ist lange her, Ezuk. Und nicht alle denken so wie Jaka. Die Bärin hat dich verschont. Sie wollte dein Leben nicht. Du aber hast das Leben deines Bruders gerettet. Ich bin sicher, Arun denkt wie ich und andere im Clan. Auch wenn der *Große Bär* unser Totem ist ..."

„Es ist geschehen", sagte Ezuk. „Wenn ihr Tanea mitnehmt, dann ist das Leben für mich nicht mehr wichtig. Um sie sorge ich mich."

Tanea hätte beinahe aufgeschrien. Sie konnte gerade noch rechtzeitig die Hand vor den Mund pressen. Ich werde nicht mit ihnen von Ezuk fortgehen, dachte sie. Und wenn der nächste Winter noch schlimmer wird! Wir werden schon durchkommen, Ezuk und ich. Und ich werde auch meine Zeit nicht mehr damit vergeuden, daß ich tagelang herumsitze und mir die Finger an der spitzen Ahle zersteche oder lerne, wie man Körbe flicht oder Leder weich kaut!

Sie warf ihre Näharbeit hin und verkroch sich unter ihrer weichen Pelzdecke. Dann grübelte sie darüber nach, was sie tun könnte, um zu verhindern, daß Ezuk sie ein zweites Mal wegschickte. Als Kirka nach ihr schaute, sagte sie: „Ich friere und bin müde. Laß mich schlafen."

Besorgt stopfte Kirka die weichen Felle um Tanea fest, damit sie es warm genug hatte. „Ich werde dir warme Steine an die Füße legen", sagte sie und ging auch gleich welche holen.

Tanea genoß es, umsorgt zu werden. Sie hatte dabei nicht einmal ein schlechtes Gewissen. Ich helfe ihr ja auch, wenn sie mich braucht, dachte sie. Dann streckte sie die Füße nach den warmen Steinen aus und schloß die Augen.

Ja, so konnte sie ungestört nachdenken. Fest stand für sie: Ich verlasse Ezuk nicht! Sie redete sich eine Abneigung gegen die Menschen am Fluß ein, die Ezuk verstoßen hatten, nur weil er einen Bären getötet hatte. Einen jungen Bären noch dazu, der nicht mal ausgewachsen war. Sollte er einfach dabeistehen und nichts tun, wenn das Tier seinen Bruder angreift?

77

Sie hatte Ezuks Warnung im Ohr, niemals einem Wolf etwas zuleide zu tun. Aber das war doch etwas anderes! Die Wölfin war doch ihre Mutter!

Wenn sie nur jemanden danach fragen könnte. War der *Große Bär* als Totem auch so etwas wie eine Mutter für den Clan, in dem Ezuk gelebt hatte?

Um sich von diesen Fragen abzulenken, dachte sich Tanea Möglichkeiten aus, wie sie Ezuk überzeugen könnte, sie bei sich zu behalten. Ich werde einfach nicht auffindbar sein, wenn sie weggehen, dachte Tanea. Erst wenn sie sich auf den Weg gemacht haben, komme ich zurück. Ich werde Ezuk nicht allein lassen!

Die Tage wurden jetzt schon wieder länger. Tanea genoß es, wieder umherstreifen zu können, obwohl immer noch eine dicke Schneeschicht das Land bedeckte. Aber es hatte seit Tagen nicht mehr geschneit. Die Sonne schmolz die obere Schneeschicht, die nachts zu glattem Eis gefror. Tanea rutschte gern den kleinen Abhang hinunter, und sie hatte auch nichts dagegen, wenn sie ausglitt und auf dem Hinterteil unten ankam.

Ezuk sah ihr zu und lachte darüber, wie sie unermüdlich immer wieder hochstieg und das Vergnügen des Hinunterrutschens wiederholte. Auch Kirka versuchte es. Sie legte das Kind einfach Ezuk in die Arme und landete wenig später neben Tanea im Schnee.

Jonk zog die Fellrutsche aus der Höhle. „Kommst du mit zur Jagd?" Ezuk antwortete nicht, weil er sich nicht angesprochen fühlte.

„Es geht, wenn ich dich ziehe." Jonk zeigte auf die Rutsche.

Ezuk kniff die Augen zu einem schmalen Spalt zusammen. Die Narbe auf seinem Gesicht ließ kein eindeutiges Ja oder Nein erkennen. „Was willst du mit mir bei der Jagd?" stieß er dann hervor und drückte Kirka, die wieder nach oben gerannt kam, das Kind in den

Arm. „Ich bin ein Krüppel und tauge nicht mehr zur Jagd. Höchstens noch dazu, Kinder zu hüten."

Tanea, die auch nach oben gekeucht kam, spürte Ezuks Verzweiflung. „Deine Arme sind stark, Ezuk. Ich weiß, wie du den Speer schleudern kannst. Du wärst Jonk eine Hilfe."

Auch Jonk beeilte sich, Ezuk zu versichern, wie nötig ein starker Mann sei, wenn sie das Glück hätten, ein großes Wild zu finden. „Unsere Vorräte sind knapp geworden", setzte er hinzu.

„Versuch es doch wenigstens", bat Tanea. Sie dachte schon an den nächsten Winter, den sie wieder allein mit Ezuk im Tal verleben würde. Auf der Rutsche konnte sie ihn im Schnee vielleicht auch bis dorthin ziehen, wo sie dem Wild auflauern mußten. „Versuche es, Ezuk."

Die entstellten Gesichtszüge des Mannes glätteten sich etwas. Nach einer Weile sagte er: „Bring mir den Speer. Ich muß erst sehen, ob ich ihn noch schleudern kann."

Jonk lief in die Höhle und war in wenigen Augenblicken wieder bei den anderen. „Hier, Ezuk. Es ist der schwerste."

Zufrieden damit, daß Jonk ihm nicht den leichtesten Speer gebracht hatte, ließ Ezuk seine Krücke fallen und suchte festen Stand auf dem unverletzten Bein. Dann nahm er Jonk den Speer ab und wog ihn in der Hand. Tanea bemerkte die Anstrengung, mit der er den Arm hob. Aber dann schleuderte Ezuk die schwere Waffe kraftvoll den Weg hinunter.

Tanea rannte, um den Speer zurückzubringen. Sie zog ihn mehr, als ihn zu tragen. „Das war gut", sagte sie. „Noch einmal. Ich lege ein Fellbündel hin, das wirst du treffen."

Sie übten noch mehrmals, bis Ezuk sagte: „Es reicht. Mein Arm hat noch Kraft."

Tanea jubelte innerlich. Sie hütete sich aber davor, es zu zeigen. Sie hatte ihren Plan, der es ihr ermöglichen würde, bei Ezuk zu bleiben. Aber von ihrem Plan durfte niemand etwas erfahren. Am allerwenigsten Ezuk.

Am anderen Morgen, als sie erwachte, war sie mit Kirka und dem Kind allein. „Wo sind die Männer?" fragte sie, wußte aber schon die Antwort.

„Sie sind davongegangen, als es noch dämmerte. Ich tat, als merkte ich es nicht."

Das war gut so. Tanea hätte auch nicht zusehen wollen, wie Ezuk auf der Rutsche zur Jagd gezogen wurde. Wenigstens jetzt noch nicht, solange er sich selbst nicht sicher war. Sie wünschte, die beiden kämen mit einer reichen Jagdbeute zurück. Vor allem für Ezuk wünschte sie es.

Tanea lief immer wieder hinaus und schaute in die Richtung, aus der die beiden kommen mußten. Sie wußte, es war noch viel zu früh. Vor dem Abend konnten Ezuk und Jonk nicht zurück sein. Kirka spürte Taneas Unruhe.

„Es ist seltsam, Ezuk nicht in unserer Nähe zu wissen", sagte sie. „Für ihn ist es aber sehr wichtig, sich seiner wieder sicher zu sein. Er leidet sehr darunter, daß er nicht mehr alles tun kann, was ..."

Tanea unterbrach sie schroff. „Das ist es doch nicht allein, Kirka. Du weißt es genauso wie Jonk, worunter Ezuk leidet. Die Menschen vom Großen Fluß haben ihn davongejagt, ausgestoßen. Wegen eines Bären, den er getötet hat."

Kirka legte den Korb beiseite, den sie mit nassem Lehm ausschmierte. Sie hatte den Lehm in der Höhle gefunden. Es waren die Reste von dem, der Ezuk bei der Heilung seiner Wunde am Bein geholfen hatte. Jetzt wollte Kirka daraus ein Gefäß machen, in dem Fett aufbewahrt werden konnte. „Was weißt du darüber?"

„Alles!" sagte Tanea trotzig.

„Ein Totemtier ist heilig für den Clan."

„Und ein Mensch? Ist der nicht viel wichtiger? Einer, der jagen und für die anderen sorgen kann. Einer, der die anderen beschützt?"

Darauf hatte Kirka keine Erwiderung. Aber Tanea fuhr fort. „Hast du nicht Angst, zu denen zu gehen, die Menschen verstoßen? Ich schon!"

Kirka ging hinaus und säuberte im Schnee ihre Hände von den Lehmspuren. Als sie zurückkam, sagte sie: „Du solltest keine Angst haben, Tanea. Ich komme auch als Fremde zu ihnen und werde vieles lernen müssen. Und wenn man nichts Unrechtes tut, braucht man sich vor niemandem zu fürchten."

Tanea antwortete darauf nichts mehr. Ich habe schon zu viel von meinen Gefühlen verraten, dachte sie. Künftig werde ich meine Zunge besser hüten müssen, sonst erfahre ich nichts mehr über ihre Pläne, mich von Ezuk zu trennen.

Um abzulenken, fragte sie wieder nach dem Boot. „Gab es dort, woher du kommst, auch Boote, mit denen man auf dem Fluß schwimmen kann?"

„Nein. Bis zum Großen Fluß war es weit. Wir leben auch nicht in Höhlen, sondern ziehen den großen Herden nach, den Rentieren und den Mammuts. Hast du schon einmal eine Mammutherde gesehen?"

„O ja! Aber das ist lange her. Ezuk konnte sich nicht näher an sie heranwagen. Er sagte, so riesige Tiere kann ein einzelner Mann nicht jagen."

„Da hat er recht", stimmte Kirka zu. „Unsere Männer gingen immer gemeinsam auf die Mammutjagd. Es ist sehr gefährlich."

„Und wo leben deine Leute, wenn sie keine Höhlen haben?"

Kirka versank einen Moment in ihren Erinnerungen. Leise sagte sie: „Das Mammut gibt dir alles, was du zum

Leben brauchst: Die großen Stoßzähne werden zu Stützen für die Zelte, die dicke Lederhaut legt man darauf und dichtet sie ab. Selbst im kältesten Winter ist es warm im Zelt. Der Rauch des Feuers zieht durch eine Öffnung an der Spitze ab ...“

Tanea konnte sich das alles nur schwer vorstellen. Deshalb bog Kirka die Finger ihrer Hände so zusammen, daß sie das Gerüst für ein Zelt darstellten.

„In die Erde werden tiefe Löcher gegraben, wenn der Boden nicht gefroren ist. Man kann aufrecht stehen in diesen Zelten. Und alles ist mit weichen Fellen ausgelegt.“

Tanea dachte, wie kalt und unfreundlich Kirka die Höhle vorkommen mußte. „Und die Leute am Großen Fluß? Haben die auch solche Zelte mit Mammutstangen?“

Eine Antwort bekam Tanea gar nicht mehr. Sie hörte Ezuks Ruf, den er immer ausgestoßen hatte, wenn er erfolgreich von der Jagd heimkehrte: „Hoa! Hoa! Hoa!“

Tanea rannte den beiden Männern entgegen. Jonk zog Ezuk die kleine Anhöhe hinauf. Man sah ihm die Anstrengung nicht an. Ezuk hatte auf seine Schenkel einen großen Berg Fleisch geladen. Sein Gesicht strahlte vor Zufriedenheit. Mit dem Speer stützte er die Rutsche ab, damit es Jonk beim Ziehen nicht so schwer hatte.

Auch Kirka war herausgekommen. Sie nahmen Ezuk das Fleisch von den Beinen, damit er sich an seinen Krücken hochziehen konnte.

„Ein Hirsch ist es“, sagte Jonk. „Ezuk traf ihn so gut, daß er keinen Schritt weiterkonnte und auf der Stelle zusammenbrach.“

Ezuks Augen leuchteten wie lange nicht mehr. Er setzte sich auf seinen Stein und schaute ins Tal. Die untergehende Abendsonne warf ein goldenes Licht auf sein Gesicht. Tanea hatte ihn lange nicht so glücklich gesehen.

Ich verlasse ihn nicht, schwor sie sich wieder. Niemals.

Es war ein sehr schönes Gefühl, satt zu sein. Tanea beteiligte sich nicht daran, als Kirka die Knochen sorgsam in einen Korb sammelte, um sie restlos abzuschaben und zu trocknen. Jonk hatte sie gebeten, am nächsten Morgen gleich mit ihm zu gehen, um den restlichen Teil der Jagdbeute zu holen. Sie wußte, es würde diesmal nicht auf die höher gelegene Grassteppe gehen, sondern am Bach entlang, wo die Erlen wuchsen, die Kiefern und die dichten Holunderbüsche. Dort kannte sie sich aus. Sie war oft mit ihrer Wurfschleuder da gewesen und hatte auch ihre Fallen unter den Büschen ausgelegt. Am schönsten war es immer, wenn sie Ezuk dorthin hatte begleiten können. Stundenlang hatte sie dann mit ihm auf größere Jagdbeute gewartet, und er hatte ihr leise vieles beigebracht, was sie auf der Jagd beachten mußte. Vor allem, leise zu sein. Er lehrte sie, die Wildfährten zu lesen und zu erkennen, wie der Wind stand. Und Mut gehörte natürlich dazu, das Wild so weit herankommen zu lassen, daß man ihm fast in die Augen schauen konnte. Tanea hatte von Ezuk gelernt, die Jagdbeute abzuhäuten und auszuweiden. Sie wußte genau, auf welche Teile es ankam, welche gut zu gebrauchen waren. Und nie hatten sie vergessen, sich bei dem erjagten Tier zu bedanken, denn es hatte ihnen Nahrung gegeben und Kleidung

Morgen werde ich Jonk bitten, von der Beute etwas für die Wölfin zurückzulassen. Tanea war sicher, sie würde die Gabe finden.

Ezuk und Jonk unterhielten sich über etwas, das sie nicht wichtig fand. Die großen Mammutherden und die Rentiere würden immer weiter nach dem Norden ziehen. Nur noch selten träfe man hier noch jene riesigen Herden an, von denen die Alten erzählten. Jonk pflichtete ihm bei. Viele der Jungen im Clan sprächen davon, das Land weiter nordwärts zu erforschen. Wenn man dort leben könnte, so wäre schon zu überlegen, ob man den Herden nicht nachziehen sollte. „Aber es ist kälter dort", gab Ezuk zu bedenken. „Die Winter sind länger und härter."

Kirka kam mit dem Kind zur Feuerstelle. Es war für Tanea eine Freude zu sehen, wie der Kleine sich mit jedem Tag veränderte. Nicht nur, daß er seine Krankheit restlos überwunden hatte, war erstaunlich. Seine Bewegungen wurden lebhafter, und Tanea redete sich ein, er liebe es besonders, wenn sie ihn in ihren Armen wiege. Sooft sie Zeit hatte, beschäftigte sie sich mit dem Kind.

Kirka wandte sich an Ezuk. „Wir haben lange darüber nachgedacht, Jonk und ich, wie wir ihn rufen. Jetzt wissen wir es genau, Ezuk. Er soll deinen Namen haben."

Ezuk schwieg lange. Er betrachtete das Kind, das seit seinem ersten Tag hier lebte. Er liebte es, das wußten alle. Um so erstaunlicher fand es Tanea, daß er nicht vor Freude darüber, daß es seinen Namen bekommen sollte, jubelte. Aber Ezuk saß schweigend da, und seine Miene wurde immer finsterer.

Schließlich sagte er: „Es geht nicht. Für deinen Sohn, Kirka, wäre es eine Belastung. Mit diesem Namen im Bärenclan zu leben ist ein Makel. Gib ihm einen anderen, auf den er stolz sein kann."

Jonk hatte bisher nichts dazu gesagt. „Ich habe damit gerechnet, Ezuk, welche Einwände du haben könntest. Aber nun laß mich meine Gründe nennen. Ohne dich und Tanea lebte dieses Kind nicht mehr. Das wissen wir alle. Aber nicht nur Dankbarkeit ließ Kirka und mich so entscheiden, sondern auch der Gedanke, daß wir dem Clan, aus dem du stammst, damit ein Beispiel geben wollen. Wir wollen nicht verschweigen, was du für uns getan hast und auch für Tanea und ihre Mutter. Wir werden davon berichten, daß du längst gesühnt hast. Du sollst zurückkehren können. Nicht als Bittender, sondern als ein geachteter Mann, der Schweres erduldet hat."

Jonk sprach sehr bedächtig und bestimmt. Tanea schaute immer wieder von einem Gesicht ins andere. Das flackernde Feuer zeichnete Licht und Schatten auf die Gestalten, die sich kaum bewegten. Was würde Ezuk dagegen noch sagen können?

Endlich brach er sein Schweigen. „Und das, glaubst du, könne ein Kind bewirken, das den Namen eines Verstoßenen trägt, der für den Clan des Bären ein Toter ist? Einer, dessen Namen keiner zu nennen wagt? Dem jeder, der ihm begegnet, ohne nachzudenken, das Messer in die Brust stoßen würde?"

„Ja", sagte Jonk fest. „Und ich werde so lange für ihn sprechen und handeln, bis er es selbst tun kann."

„Du hoffst, ich könnte zu den Menschen am Großen Fluß zurückkehren, Jonk. Ich habe oft davon geträumt, besonders in den letzten Jahren, als Tanea heranwuchs. Bei mir konnte sie lernen, was ein Jäger können muß. Aber die Geborgenheit des Clans konnte ich ihr nicht geben."

„Ich brauche nichts anderes. Ich fühle mich *bei dir* geborgen", warf Tanea rasch ein, bevor er weitersprechen konnte. Aber Ezuk beachtete ihren Einwand gar nicht. Er lachte bitter, als er von seinen Plänen erzählte, Tanea bis in die Nähe des Bärenclans zu bringen und dort in einem Versteck zu warten, bis er sicher sein konnte, daß man sie angenommen habe. „Ich zögerte es immer weiter hinaus, weil ich die Einsamkeit fürchtete, in die ich dann zurückkehren müßte. Nicht einmal meine Höhle wäre mir dann geblieben, weil ich hätte befürchten müssen, daß sie mich aufspüren und das vollenden, was Jaka vor Jahren vorgeschlagen hatte. Mich zu töten. Ich wollte nicht sterben. Doch dann kam alles anders ..."

Jonk nickte. Er wußte, wie Tanea um Ezuks Leben gekämpft hatte.

Kirka hatte voller Unruhe die Wendung des Gesprächs verfolgt. Nun erhob sie sich und legte Ezuk entschlossen das Kind in den Arm. Dann zog sie ihn auf die Knie und forderte: „Halt ihn über das Feuer, und sprich seinen Namen aus, damit der Rauch ihn allen Winden sagt, damit die Wärme der Glut diesen Namen der Erde weitergibt, auf der er gehen wird. Sag seinen Namen!"

Ezuk schloß ein paar Herzschläge lang die Augen. Tanea hielt den Atem an. Sprich doch! dachte sie. Sprich doch endlich seinen Namen aus!

In den Augen des Mannes glitzerten Tränen, als er das Kind über das Feuer hielt. „Ezuk", sagte er und gab das Kind an Kirka zurück.

Am nächsten Morgen waren sie früh unterwegs. Die Sonne färbte den Morgenhimmel glutrot, als Tanea sich hinter Jonk durch den verharschten Schnee kämpfte. Die Nacht war wieder sehr kalt gewesen. Jonk hatte die Stangen der Rutsche auf seine Schultern geladen. So kamen sie rascher voran. Als es möglich wurde, nebeneinander zu gehen, versuchte Tanea mit Jonk Schritt zu halten. Jonk merkte das und ging langsamer. „Ich vergesse oft, daß du ein Mädchen bist", sagte er lachend.

Taneas Gesicht rötete sich vor Stolz. Aber Jonk achtete nicht darauf. „Die Kälte der Nacht war gut", meinte er. „Als wir den Hirsch gestern zurücklassen mußten, war der Schnee weich, und ich bin mir nicht sicher, ob

Raubwild uns nicht die Beute gestohlen hat. Auch war das Gestrüpp hier nicht so dornig."

Auch das war eine Anerkennung ihrer Leistungen. Tanea hörte sein Lob hinter den beiläufigen Bemerkungen. Sie wollte von Jonk wissen, wie Ezuk den Hirsch erlegt hatte. „Ist sein Arm noch stark genug, um den schweren Speer zu schleudern?" fragte sie.

„Ja. Und seine Augen sind scharf." Ohne Übergang sagte er: „Ich werde alles tun, damit Ezuk wieder beim Clan leben kann. Wenn er alt wird, kann er nicht mehr allein leben."

„Ich bleibe bei ihm!"

Jonk blieb einen Augenblick stehen. „Er möchte, daß du mit uns gehst, wenn wir uns nach der Schneeschmelze auf den Weg machen. Seine Mutter wird dich lieben wie eine Tochter."

„Nein", sagte Tanea. „Ich lasse Ezuk nicht im Stich. Da mußt du dir etwas anderes ausdenken."

Jonk ging weiter, ohne darauf Rücksicht zu nehmen, ob Tanea ihm folgen konnte. Als sie ihn wieder eingeholt hatte, fragte sie: „Kannst du ein Boot bauen? Dann könntest du doch mit Kirka und Ezuk auf dem Großen Fluß zu deinem Clan schwimmen."

Überrascht blieb Jonk erneut stehen. Sie hatte das Kind zum erstenmal bei seinem Namen genannt. Er hatte nicht gewußt, wie sie es aufnehmen würde. Er hatte immer ihre Zuneigung zu dem Mann gespürt, der ihre Mutter und sie in seine Höhle genommen hatte und der ihr Beschützer geblieben war. Manchmal hatte er den Eindruck gehabt, Tanea gefiele es nicht, wenn Ezuk sich so viel mit ihm und Kirka abgegeben hatte. Oft genug hatte sie sich dann auf ihr Fellager an der Felswand zurückgezogen. Aber er hatte bemerkt, wie aufmerksam sie alles beobachtet hatte. Er freute sich darüber, wie selbstverständlich sie das Kind nun bei seinem Namen nannte.

„Allein kann man ein Boot nicht bauen", erklärte er. „Ich hatte ein Boot mitgenommen, als ich Kirka holte. Es lag sicher im Versteck und wartete auf uns. Bis zu Kirkas Leuten mußte ich noch tagelang laufen. Sie leben nicht am Großen Fluß."

„Kann ich dir helfen, ein Boot zu bauen?"

„Nein, Tanea. Das ist harte Männerarbeit und dauert sehr lange. Auch braucht man dazu sehr große Bäume, Kiefern oder Eichen. Und nicht jeder Baum kann ein Boot werden."

Er sah Taneas Enttäuschung. „Ich bin viele Tage am Großen Fluß entlang gelaufen", sagte sie. „Er machte mir angst. Aber einmal haben mir seine Wellen einen großen Fisch ans Ufer geworfen. Das war an dem Tag, als ich die Krücken für Ezuk erfunden habe. Und die mußte ich ihm doch bringen ..."

Jonk hörte aus ihren Worten die Sorge um Ezuk. Er wollte sie trösten. „Wenn wir bei den Menschen am Fluß sein werden, dann nehmen Arun und ich ein großes Boot und holen Ezuk. Es gibt viele Boote dort, größere als das, mit dem ich Kirka holen wollte."

Taneas Gesicht verfinsterte sich. „Viele Boote. Ja. Aber keine Menschen, die Ezuk haben wollen."

Jonk zeigte mit der Hand nach vorn. Er lud die schweren Stangen der Rutsche von seinen Schultern. „Dort ist es. Aber wir sind nicht die ersten an der Beute."

Auch Tanea sah, daß sich Raubtiere bis zu dem Hirsch durch den Schnee gegraben hatten. Blutige Fleischfetzen lagen im rotgefärbten, harschigen Schnee. Schweigend begannen Tanea und Jonk, die Reste zu bergen.

„Es ist genug übriggeblieben", meinte Tanea schließlich. „Sie konnten an die besten Stücke nicht heran."

Gemeinsam schleiften sie den Hirsch auf die Rutsche. Jonk hieb mit kraftvollen Schlägen das Geweih des Tieres vom Schädel, damit es beim Transport nicht störte. Der Nachtfrost hatte die Raubtiere wohl schließlich davon abgehalten, sich mehr von der Beute zu holen.

Tanea wartete, bis Jonk das große Steinbeil zur Seite legte. Sie versuchte, es anzuheben, um ein Stück von der Keule zu lösen. Das bereits am Vortag enthäutete Tier war aber so steif gefroren, daß Tanea nichts davon abtrennen konnte, selbst wenn sie das Beil hätte schwingen können.

Jonk sah ihre Bemühungen, dann nahm er ihr das Beil aus der Hand. Wie bei dem Elch schlug er ein Stück vom Hinterlauf ab. „Reicht das?" fragte er.

Tanea nickte dankbar. Jonk hatte sich daran erinnert, wofür sie die Gabe brauchte. Während er die Plane fest an die Stangen band und den Hirsch drauflud, ging Tanea ein wenig beiseite. Sie hielt das gefrorene Fleischstück in ihren Händen und hoffte, es würde ihren Geruch annehmen. Die Wölfin sollte wissen, wer ihr das Geschenk gemacht hatte. „Hoa!" rief sie. Und noch zweimal: „Hoa! Hoa!" Es klang anders als der Ruf, mit dem Ezuk sich immer von seiner Jagd zurückgemeldet hatte. So konnte nur Tanea die Wölfin rufen.

Wenig später zerrte sie gemeinsam mit Jonk die Jagdbeute heim.

Sooft es ging, machte sich Tanea auch allein auf, um etwas zu erjagen oder auch wieder ihre Fallen aufzustellen. Ezuk ließ sie gewähren. Er ahnte, warum Tanea Zeit für sich brauchte. In der ersten Zeit des Zusammenseins mit Jonk und Kirka war vieles für sie neu gewesen. Sie hatte voller Wißbegierde aufgenommen, was ihr gefiel. Ezuk hatte aber auch gemerkt, wie wenig sie von dem hören wollte, was ihr lästig war.

Seit sie wußte, daß Ezuk sie mit Jonk und Kirka zu den Menschen am Fluß schicken wollte, hatte er an ihr noch eine andere Veränderung wahrgenommen: Sie behielt vieles für sich, worüber sie sonst mit ihm gesprochen hätte. Das machte ihm Sorgen. Er kannte Tanea. Wenn sie etwas nicht guthieß, wehrte sie sich dagegen. Und von ihm weggehen, das wollte sie auf keinen Fall. Manchmal stellte er sich vor, wie dieser Winter geendet hätte, wenn Tanea nicht zu ihm zurückgekehrt wäre. Sie hatte einen Grund gesucht und auch gefunden: die Krücken. Ezuk wischte sich die Augen, weil ihm die Tränen kamen, wenn er an die Zuneigung des Mädchens dachte. Sie wird ihrer Mutter immer ähnlicher, stellte er fest. Nicht nur äußerlich, sondern auch in ihrem ganzen Wesen. Nur ist Tanea körperlich viel besser in der Lage, ihren Willen auch durchzusetzen. Ich habe immer darauf geachtet, daß Tanea kräftig und gesund ist, dachte er stolz. Aber sofort überkam ihn auch das Schuldbewußtsein, weil er sie nur sehr unvollkommen damit vertraut gemacht hatte, was sie als Mädchen wissen mußte. Immer wieder hatte er es hinausgeschoben, Tanea zu anderen Menschen zu bringen. Darüber war Jahr um Jahr vergangen.

Aber Jonk und Kirka würden Tanea nun mitnehmen. Deshalb ließ er sie auch gewähren, wenn sie, so wie sie es sonst auch getan hatte, die Einteilung ihres Tages selbst bestimmte.

Sie hatte jetzt mehr freie Zeit als vorher, denn Kirka hatte wie selbstverständlich alles übernommen, was Tanea sonst getan hatte: das Feuer versorgen, Wasser holen, aus getrockneten Wurzeln, Kräutern und manchmal auch mit etwas Fleisch einen sättigenden Brei bereiten; Kirka bearbeitete die Häute der erlegten Tiere, sie nähte aus Fellen Kleidungsstücke, sie versorgte das Kind. Alles ging seinen gewohnten Gang, ohne daß darüber gesprochen werden mußte. Kirka hatte sich in die kleine Gemeinschaft eingefügt.

Aber ob sich Tanea ebenso in die viel größere des

Clans eingewöhnen würde? Dort wußte jeder, was er zu tun hatte. Aber Tanea war daran gewöhnt, zu tun, was ihr gerade einfiel. Sie ging auf die Jagd, das war für eine Frau mehr als ungewöhnlich. Ezuk hatte nie gesehen, daß eine Frau des Bärenclans eine Wurfschleuder oder einen Speer in der Hand gehabt hatte. Auch seine Mutter nicht, die von den anderen doch sehr geachtet und geehrt wurde.

Mehr als sonst in all den Jahren, die er einsam mit Tanea in der Höhle gelebt hatte, dachte er jetzt an sein früheres Leben. Es war schön gewesen, stellte er fest. Bis zu dem Tag, an dem das Unglück geschah und der junge Bär seinen Bruder Arun beinahe getötet hätte.

Arun hatte sich nicht gewehrt. Gegen das Totemtier seine Waffe zu erheben war gegen alle Regeln. Arun war verloren!

Aber er, Ezuk, hatte in die entsetzten Augen seiner Mutter gesehen, hatte ihre verzweifelten Schreie gehört, die sie vergeblich zu unterdrücken versuchte. Da war er, ohne zu überlegen, seinem Bruder zu Hilfe geeilt.

In seinen Ohren klang noch immer das feindselige Gezeter Jakas: „Er hat uns alle ins Unglück gestürzt! Der *Große Bär* wird Rache an uns nehmen. Er muß durch ein Opfer versöhnt werden!"

Diejenigen, die bisher nichts gesagt hatten, stimmten nach und nach in Jakas Forderung ein. Ein Sühneopfer mußte gebracht werden, damit die anderen gerettet wurden. Ezuk mußte geopfert werden.

Seine Mutter hatte sich zu Wort gemeldet. Wenn Ezuk die Augen schloß, konnte er sie noch deutlich vor sich sehen, wie sie hoch aufgerichtet vor die aufgebrachten Männer getreten war. „Soll einer meiner Söhne gerettet worden sein, damit ich den anderen verliere? Ezuk ist ein guter Jäger. Er kann durch niemanden ersetzt werden. Jaka und er waren einander nie freundlich gesinnt. Das solltet ihr auch bedenken, wenn ihr über Ezuk, meinen Sohn, richtet."

So deutliche Worte hatte im Bärenclan selten eine Frau zu den Männern gesprochen. In diesen Augenblicken war Ezuk stolz auf seine Mutter Luta gewesen.

Jaka hatte voller Haß seine Anklage gegen Ezuk vorgebracht. Und darin ging es nicht nur um den jungen Bären, den Ezuk getötet hatte: „Ezuk hat schon immer die Geister beleidigt. Er lacht über die Alten und Weisen, wenn sie sich in die Einsamkeit zurückziehen und durch ihre Rituale das Jagdglück für unseren Clan beschwören."

Nein, gelacht habe ich darüber nicht, dachte Ezuk bitter. Aber ich habe mich auch nicht allein darauf verlassen. Und das war es, was Jaka zu meinem Feind werden ließ. Er neidete mir das Wissen darum, wie man ein Tier schnell und sicher zur Strecke bringt, welche Waffen man einsetzt. Vor allem ärgerte ihn, daß ich schneller war als er und meinen Speer kraftvoller schleudern konnte. Ihm kam es sehr gelegen, wenn er einen Mann wie mich so anklagen konnte, daß den anderen nichts übrigblieb, als mich zu opfern.

Noch eine andere Erinnerung kam ihm. Er hatte nicht gewagt, Jonk danach zu fragen: War Wigu die Hüterin von Jakas Feuer geworden? Hatte sie ihm Kinder geboren?

Wigu, der Gedanke an das Mädchen, das sein Herz hatte schneller schlagen lassen, verursachte ihm jetzt noch, nach all den Jahren, ein schmerzliches Gefühl. Vor dem Unglückstag schien alles so zu werden, wie er es erträumte. Das Mädchen Wigu hatte er nicht mehr wiedergesehen. Manchmal, wenn er Taneas Mutter im Licht des flackernden Feuers beobachtet hatte, stellte er sich vor, sie sei Wigu. Aber bald hatten sich die Bilder der beiden Frauen miteinander vermischt. Ezuk hätte sicher nicht mehr so viel an sie gedacht, wäre jetzt nicht

Jonk dagewesen. Aber fragen wollte er auch nicht recht.

Als sie die Spuren im verharschten Schnee entdeckte, erschrak Tanea. Hier waren Menschen gegangen. Sie stellte ihre Füße hinein, aber die Abdrücke waren größer. Jonks kannte sie, er lief mit den Zehen etwas zur Mitte, und Ezuks konnten es nicht sein. Kirka war noch nie so weit von der Höhle weg gewesen.

Fremde Menschen. Tanea verfolgte die Spuren zurück. Sie kamen von dort, wo der Bach zum Großen Fluß floß. Sie versuchte festzustellen, wie viele Menschen über den Schnee gegangen waren. Das war schwierig, weil einer in des anderen Fußstapfen getreten war. Waren es zwei oder drei? Oder gar vier?

Aufatmend kam sie zu dem Schluß, daß die Fremden nicht entdeckt haben konnten, ob jemand im Tal lebte. Ihre Spuren hatten an keiner Stelle, die sie bisher gesehen hatte, Spuren von ihr oder Jonk gekreuzt. Sie sind einfach hier durch das Tal gelaufen, dachte sie erleichtert. Aber ich muß Ezuk und Jonk davon erzählen.

Sie war unschlüssig, ob sie sofort zurückkehren oder ihren Jagdausflug fortsetzen sollte. Schließlich dachte sie: Es ist ja nichts geschehen. Ich werde es ihnen erzählen, wenn wir abends am Feuer sitzen.

Plötzlich wurde ihre Aufmerksamkeit durch eine Bewegung im niedrigen Gebüsch abgelenkt. Sie hielt den Atem an, um das Tier bei der nächsten Bewegung mit ihrer Wurfschleuder erlegen zu können.

Aber dann geschah etwas Ungeheuerliches: Von hinten warf sich ein riesiges Tier über sie. Sie konnte sich nicht wehren, weil sie fest umklammert wurde. Dann spürte sie einen heftigen Schlag auf den Kopf und verlor das Bewußtsein.

Es war dunkel, als sie aufwachte. Aber es war nicht so

dunkel wie in der Höhle, wenn kein Feuer brannte. Sie konnte die Hände nicht auseinanderbekommen und auch die Beine nicht. Über ihr lag ein Fell, das ihr das Atmen schwermachte.

Was war geschehen?

Das Denken fiel ihr schwer, weil ihr Kopf schmerzte. Nicht nur der Kopf! Als sie versuchte, sich zu bewegen, tat ihr der ganze Körper weh.

Das Tier! Es hatte sich über sie geworfen, als sie auf ihre Jagdbeute schaute. Sie war von hinten angegriffen worden. Was war das für ein riesiges Tier, das sie umklammert hatte und ... In diesem Augenblick hörte Tanea Stimmen. Menschenstimmen. Aber sie konnte nicht verstehen, was gesprochen wurde. Es waren seltsam kehlige Laute. Sie machte sich ganz steif vor Angst. Jetzt kam ihr auch die Erinnerung an die Spuren im verharschten Schnee zurück. Daran hatte sie nicht gedacht: Die fremden Menschen hatten ihr aufgelauert und sie überfallen.

Tanea schloß schnell die Augen, als sie spürte, wie eine Hand das Fell beiseite schob, das ihr Gesicht bedeckte. Aber es nützte nichts. Sie wurde hochgezogen und schrie vor Schmerz leise auf. Über ihr war das Gesicht eines Mannes, der in einen dicken Pelz gehüllt war. Seine kleinen, schwarzen Augen funkelten gefährlich.

Er sagte etwas, aber Tanea verstand ihn nicht. Da ließ er sie wieder fallen. Plötzlich hockten noch zwei Männer um sie herum. Sie waren wie der erste in dicke Pelze gekleidet. Sie sahen einander ratlos an. Wieder fragte der erste Mann etwas. Tanea hätte, auch wenn sie wollte, keinen Ton herausbringen können. Sie wußte nicht, was die Männer von ihr wollten.

Unbewußt versuchte sie festzustellen, wo sie war. Das Tal schienen die Männer verlassen zu haben. Sie erkannte das am Morgenrot, das nun den Himmel überzog. So hatte sie es bisher nur in der Grassteppe erlebt, die sich oberhalb des Tals erstreckte. Wie war sie hierhergekommen? Und weshalb hatten diese Männer sie bis hierher geschleppt?

Ezuk! Er wird sich Sorgen um mich machen. Jonk und Kirka auch! Sie war nicht in die Höhle zurückgekommen, als es dunkel geworden war. Jonk wird mich suchen!

Dieser letzte Gedanke schien ihr tröstlich. Jonk wird mich finden, und die Männer müssen ohne mich weggehen. Doch wenige Herzschläge später bekam Tanea wieder Angst. Diese Männer waren nicht freundlich. Wenn sie die Höhle fanden und sie für sich haben wollten! Alle Erzählungen über Auseinandersetzungen zwischen einander feindlich gesinnten Clans, die Ezuk und Jonk an langen Abenden erzählt hatten, fielen ihr ein. Sie wußte nicht, ob sie sich da noch wünschen sollte, daß Jonk sie findet. Dann waren ja auch Ezuk, Kirka und das Kind in Gefahr.

All diese Möglichkeiten schossen ihr blitzschnell durch den Kopf. Undeutlich nahm sie wahr, daß die drei Männer von ihr weggingen und sich unweit von ihr an etwas zu schaffen machten. Sie hob den Kopf, so gut es ging, ließ ihn aber erschrocken sofort wieder sinken. Da standen riesige Tiere, die schnaubten und stampften, als die Männer ihnen etwas auf den Rücken luden. Dann kamen zwei der Männer auf sie zu, lösten die Riemen, mit denen sie ihr die Füße zusammengebunden hatten, und zogen sie auf die Beine.

Wieder sagten sie etwas, das rauh und unfreundlich klang. Aber Tanea konnte nicht einmal erraten, was sie von ihr wollten. Die Männer zogen sie zu den Tieren hin. Voller Angst schrie Tanea laut und wehrte sich, indem sie die Männer kratzte und biß. Um so härter wurde sie gepackt, und ehe sie begriff, was mit ihr geschah, saß sie auf einem dieser Tiere, das unruhig

95

mit den Hufen stampfte. Ihr wurden die Beine unter dem Bauch des Tieres zusammengebunden. Dann bedeutete ihr einer der Männer, sie solle sich an der Mähne des Tieres festhalten.

Das ging schlecht mit den gefesselten Händen, deshalb schnitt der Mann die Riemen durch. Er schlang einen langen Lederriemen um ihren Körper und behielt ihn in der Hand.

Die zwei anderen Männer saßen schon auf ihren Tieren, hatten aber jeder noch ein weiteres an einem langen Riemen. Ohne sich nach Tanea und dem Mann, der sie auf das Tier gesetzt hatte, umzusehen, jagten sie davon.

Der Mann schwang sich nun auf sein Tier und deutete darauf: „Reiten! Pferd!" Dann zog er den Riemen straff, und das Pferd setzte sich in Bewegung. Tanea wäre heruntergefallen, wenn die Riemen um ihre Beine das nicht verhindert hätten. Sie klammerte sich an der Mähne des Pferdes fest und biß die Zähne zusammen, um nicht laut zu schreien. Ihr Körper schmerzte überall. Sie hatte die ganze Nacht gefesselt gelegen, nur eine dünne Plane unter sich und ein Fell als Decke. Ihre Glieder waren steif, und ihr Kopf schmerzte. Aber darauf nahm keiner der Männer Rücksicht. Auch nicht darauf, wieviel Angst Tanea vor den unbekannten Tieren hatte, die der Mann als Pferde bezeichnet hatte.

Der starke Lederriemen um ihren Körper war straff gespannt und nahm ihr fast die Luft zum Atmen. Tanea versuchte, ruhiger zu werden, damit sie ihre Gedanken sammeln konnte. Zunächst merkte sie sich die Richtung: Sie ritten auf der Grassteppe in den Sonnenaufgang. Der kalte Wind blies von der linken Seite. Ezuk hatte ihr einmal gesagt, das wäre Norden, wo die großen Mammutherden im Frühjahr hinzogen.

Sie konnte sich nicht erinnern, jemals zuvor so weit in der Steppe gewesen zu sein, schon gar nicht, wenn

Schnee lag. Alles war ihr fremd. Der Schnee lag hier allerdings nicht so dick auf dem gefrorenen Boden wie im Tal bei der Höhle oder wie in der Nähe des Flusses. Dort wehte der Wind nicht so stark wie hier.

Unwillkürlich hatte sich Tanea bei diesen Überlegungen entkrampft. Ihr Pferd hielt mit den anderen Tieren Schritt. Dadurch schnitten die Riemen nicht mehr so stark ein.

Dieser Ritt schien ihr endlos. Nach und nach sank sie in sich zusammen, ohne noch darauf zu achten, wohin es ging. Um sie herum immer nur die weite, schneebedeckte Steppe. Ab und zu lugten ein paar dürre Sträucher oder Flechten unter dem Schnee hervor.

Die Männer führten die überzähligen Pferde an langen Riemen mit sich. Sie unterhielten sich auch. Aber Tanea konnte nicht erraten, worum es ging. Von Zeit zu Zeit spornten sie die Pferde an, dann wich der Boden rasend schnell unter den Hufen dahin. Tanea konnte sich nicht vorstellen, daß ein Mensch so lange und so schnell laufen konnte. Sie mußten schon sehr weit vom Tal und der Höhle entfernt sein. Jonk würde sie nie mehr wiederfinden.

Immer wieder versank Tanea in ihre Gedanken. Sie nahm kaum noch wahr, wenn ihre Fesseln gelöst wurden und einer der Männer ihr ein Stück getrocknetes Fleisch hinhielt, an dem sie noch herumkaute, wenn sie längst wieder auf dem Rücken des Pferdes festgebunden worden war.

Jonk kam unverrichteter Dinge zurück. Es war zu dunkel, um noch weiter nach Tanea zu suchen. Er war sehr bedrückt, aber er behielt seine Beobachtung lieber für sich. Wenn es Tag wurde, wollte er noch einmal zu der Stelle gehen, an der er Spuren von anderen Menschen entdeckt hatte. Menschen, die nicht zu ihnen gehörten.

Ezuk saß schweigend da. Er rührte nichts von dem Brei an, den Kirka ihm hingestellt hatte. Jonk hätte viel darum gegeben, seine Gedanken zu wissen. Als Kirka fragte, ob sie das Feuer abdecken dürfe, nickte Ezuk nur. Doch dann, als es fast dunkel in der Höhle war, sagte er verzweifelt: „Ich kann nicht einmal nach ihr suchen."

Wie als Antwort heulte in der Finsternis des Tales die Wölfin.

„Sobald es Tag wird, gehe ich", sagte Jonk. Und dann erzählte er doch, was er sich hatte aufheben wollen, bis er sich ganz sicher war: „Sie ist fremden Menschen begegnet. Aber es war zu dunkel. Ich konnte die Spur nicht weiter verfolgen."

„Menschen? Welchen Menschen?" fragte Ezuk. Wider Erwarten schien das für ihn eine Hoffnung zu sein.

„Ich weiß es nicht", gestand Jonk. Dann legte er sich hin. Aber schlafen konnte er nicht. Als er sich beim ersten Morgenlicht erhob, saß Ezuk immer noch an der Feuerstelle. „Nimm mich mit", bat er. „Vier Augen sehen mehr als zwei."

Jonk wäre lieber allein auf die Suche nach Tanea gegangen. Aber er wußte, wie tief Ezuk seine Ablehnung treffen würde. So holte er die Rutsche und half Ezuk, sich darauf zu setzen. Dann ergriff er die beiden Stangen und zog den Mann zu der Stelle in der Bachniederung, an der er die Spuren gesehen hatte. Sie waren noch deutlich zu erkennen.

„Es waren drei", sagte Ezuk nach einer Weile. „Und von hier aus sind sie umgekehrt. Hier sind auch die Spuren von Taneas Fellschuhen. Sie sind von hinten gekommen."

Jonk stimmte ihm zu. Er bewunderte, wie sicher Ezuk im Erkennen der Spuren war. Er zog die Rutsche neben den Spuren her, damit sie nichts verwischten.

„Sie sind in die Steppe hinaufgegangen", sagte Ezuk.

Und dann wies er mit der Hand auf etwas, was Jonk noch nie gesehen hatte. „Ein Speer", sagte Jonk verwundert. „Aber er ist sehr dünn und zerbrochen ..."

Ezuk wischte sich mit der Hand über die Augen. Regungslos saß er eine ganze Weile, bevor er niedergeschlagen sagte: „Bring mich zurück in die Höhle. Und diesen Pfeil nimm mit."

Jonk hätte gern gefragt, wieso Ezuk die Suche schon abbrechen wollte, aber Ezuk deutete nur schweigend in die Richtung, in der die Höhle lag.

Kirka war erschrocken, die beiden so bald wiederzusehen, noch dazu ohne Tanea. „Habt ihr sie nicht gefunden? Warum habt ihr die Suche so schnell aufgegeben?"

Jonk half Ezuk, sich auf seine Felle zu legen. Auch jetzt sprach Ezuk nicht gleich. Erst nach geraumer Zeit rief er Jonk und Kirka zu sich. Er hielt den dünnen Speer in der Hand.

„Das hier ist ein Pfeil, Jonk. Und der sagt mir, wie zwecklos eine Suche nach Tanea jetzt ist. Ich habe eine solche Waffe früher schon einmal gesehen. Das hier ist nur die Hälfte der Waffe. Der andere Teil ist ein Bogen mit einer Sehne. Darauf legt man den Pfeil und spannt die Sehne ..."

„Sprich von Tanea!" forderte Jonk, dem die Erklärung der Waffe im Augenblick nicht wichtig schien.

„Der Pfeil spricht von Tanea. Die Menschen vom Pferdeclan haben Tanea geraubt."

„Woher weißt du das, Ezuk?" Kirka konnte vor Aufregung kaum reden.

„Ich war noch ein Knabe, kaum älter als Tanca, als die Pferdeleute einmal uns Flußmenschen überfielen und Frauen raubten. Unsere Männer haben einen der ihren verwundet und gefangen. Dadurch erfuhren wir etwas über sie. Aber verfolgen konnten wir sie nicht. Mit den Tieren, auf denen sie gekommen waren, verschwanden sie schneller, als wir ihnen zu Fuß folgen konnten."

„Pferde – davon weiß ich auch", sagte Jonk. „Ich habe in der Steppe schon einige Male Pferdeherden gesehen. Aber wieso kamen sie mit den Tieren, und warum waren sie damit schneller?"

„Sie reiten auf ihrem Rücken und benutzen dadurch die Beine der Pferde."

Jonk versuchte, sich das vorzustellen. Kirka hatte genug von diesen Neuigkeiten. Verstört zog sie sich zurück und legte das Kind an ihre Brust.

„Und diese Pferdeleute haben Tanea – geraubt? Was wollen sie mit ihr? Sie ist doch noch ein Kind!"

„Sie wird einmal eine Frau sein. Die Pferdeleute ziehen ständig umher. Ihre Frauen sterben jung. Deshalb rauben sie Frauen anderer Clans. Es ist zwecklos, ihnen jetzt zu folgen. Aber sie werden Tanea nicht töten."

„Weißt du denn, wo die Pferdeleute leben, Ezuk?"

Ezuk versank wieder in Schweigen. Viel später erst kroch er zu Jonk, der mit Kirka und dem Kind am Feuer saß. Sein zernarbtes Gesicht war voller Trauer. „Ich hatte Taneas Mutter versprochen, auf ihr Kind zu achten. Ob ihr Geist in der Wölfin zu Hause ist, wie Tanea es sich wünscht?"

Kirka war es, die zuerst Worte fand, die Ezuks Trauer ein wenig milderten. „Eine Mutter ist immer dort, wo ihr Kind sie braucht. Tanea hat unserem Sohn geholfen zu leben. Du hast ihn vor dem Fiebertod gerettet. Wir werden dir helfen, daß Tanea zu dir zurückkehren kann."

Sie waren nun schon viele Tage unterwegs. Tanea versuchte, sie an den Fingern abzuzählen. Aber irgendwann vergaß sie es. Sie ritten durch eintönige Steppenlandschaft, ruhten mittags, um etwas zu essen.

Meist kauten sie auf getrockneten Fleischstreifen herum und ließen etwas Schnee in den Handflächen auftauen, den sie dann tranken. Einige Male gelang es den Männern auch, etwas zu erjagen.

Tanea wunderte sich, warum die Männer kein Feuer machten, um das Fleisch zu braten. Es ekelte sie, das rohe Fleisch hinterzuschlingen, und zweimal mußte sie sich auch erbrechen. Darüber lachten die Männer nur.

Mit der Bewachung nahmen sie es nicht mehr so genau, je weiter sie sich vom Tal entfernten. Tanea wußte, wie sinnlos eine Flucht war. Sie würde verhungern und erfrieren. Im Sommer war es vielleicht möglich zu fliehen.

Die Pferde suchten mühsam unter dem Schnee nach Gras und Flechten. Sie brauchten Zeit, bis sie ihre Bäuche auch nur einigermaßen gefüllt hatten. Deshalb kamen die Männer auch nicht mehr so rasch voran wie während der ersten Tage. Da hatten sie sich beeilt, weil sie Verfolgung vermuteten. Aber jetzt wurden sie sorgloser.

Obwohl es kaum Merkpunkte in der kargen Landschaft gab, versuchte Tanea, sich alles einzuprägen. Sie stellte auch fest, daß die Männer die Richtung geändert hatten. Es schien ihr, als würde es wärmer und als gäbe es immer weniger zusammenhängende Schneeflächen. An einem Tag waren die Männer unruhig und längst nicht so sorglos wie vorher. Das lag aber gewiß nicht an den Pferden oder an den Rentierherden, denen sie nun ab und zu begegneten. Eines Nachts wickelten sie Tanea in dicke Pelze und fesselten sie wieder mit Riemen. Die zusätzlichen Pferde ließen sie bei ihr zurück.

Einer der Männer gab Tanea durch Zeichensprache, mit der sie sich ihr mittlerweile recht gut verständlich machen konnten, zu verstehen, daß sie bald wiederkommen würden.

Tanea hatte während der vergangenen Tage nicht nur auf den Weg geachtet, sondern auch versucht, zu verstehen, was die Männer sprachen. Da sie ihre Rede immer auch mit Gesten unterstrichen, konnte sie schon einiges erraten, sich anderes dazureimen. Sie hütete sich jedoch, sich zu verraten. Auf diese Weise hatte sie auch erfahren, was die Männer vorhatten. Sie wollten im Morgengrauen Frauen rauben, die sie beim Wasserholen allein antreffen würden. Dann wollten sie sich schnell mit ihrer Beute und den Pferden davonmachen.

Tanea dachte: Dazu sind also die beiden zusätzlichen Pferde bestimmt. Einerseits freute sie sich, nicht mehr allein mit den Männern sein zu müssen, aber andererseits fürchtete sie auch, die Männer des Clans, der überfallen werden sollte, würden sich wehren.

Ihre Befürchtung war richtig. Viel eher, als sie dachte, kamen die drei auf ihren Pferden zurück. Sie nahmen sich nicht einmal Zeit, Tanea aus ihren Pelzen zu wickeln. Der Anführer warf sie einfach vor sich auf sein Pferd. Dann stoben sie davon. Die drei Pferde, die keine Last trugen, wurden an langen, zusammengeknüpften Lederriemen hinterhergezerrt, bis sie von allein begriffen, wie schnell sie den Flüchtenden folgen sollten.

Tanea schrie und versuchte, sich zu befreien, weil diese Art der Beförderung ihr Schmerzen verursachte. Sie litt ohnehin, weil ihre Schenkel durch das ungewohnte Reiten aufgerieben waren. Einer der Männer hatte ihr eine Art fettiger Salbe gegeben, mit der sie sich einreiben konnte. Er hatte ihr schmerzverzerrtes Gesicht beim Aufsitzen gesehen. Aber nun ging es in einer solchen Eile über Stock und Stein, daß Tanea schwindlig wurde. Der Mann hatte sie quer vor sich über sein Pferd gelegt, so daß ihr Kopf auf der einen und die Beine auf der anderen Seite herunterhingen.

Erst als sie eine größere Strecke zurückgelegt hatten und keine Verfolger in Sicht waren, hielten sie an. Tanea wurde aus dem Pelzbündel gewickelt und auf die Füße gestellt. Sie lockerte ihre verkrampften Glieder. Die Männer achteten nicht weiter auf sie, weil einer von ihnen verletzt worden war. Er blutete am Kopf und hielt den Arm eigenartig verrenkt von sich.

Dann geschah etwas, worüber Tanea zuerst sehr erschrak. Einer hielt den Verletzten fest, der andere zerrte ruckartig an dessen Arm. Die Schmerzen mußten groß sein, denn der Mann schrie wild auf. Aber nun konnte er den Arm, der jetzt wieder richtig im Gelenk hing, ohne weiteres bewegen. Um seinen Kopf wickelten sie einen weichen Lederstreifen, um die Blutung zu stillen.

Kocar, der Anführer der drei Männer, von dem sie unterdessen den Namen wußte, gab ihr zu verstehen, sie solle auf ihr Pferd steigen, es ginge gleich weiter. Tanea folgte seiner Anordnung sofort. Sie machte sich keine Hoffnung, zu den Menschen fliehen zu können, die am frühen Morgen überfallen worden waren.

Erst abends hielten sie wieder an. Tanea war hungrig, und sie wußte, es würde nur wenig zu essen geben. Auf dem Ritt hatte sie immer wieder Ausschau gehalten, ob sie an den schneefreien Stellen Pflanzenreste entdekken konnte, deren Wurzeln eßbar waren. Aber wie sollte sie an die Wurzeln kommen? Der Boden war hart und sicher noch gefroren.

Sie mußte sich mit ein paar Streifen Dörrfleisch begnügen wie an den vorangegangenen Abenden. Die Männer saßen beisammen und besprachen aufgeregt das Mißlingen ihres Überfalls. Sie achteten kaum auf Tanea, die umherstreifte. Mit ihren Pferden würden sie das Mädchen schnell einholen, wenn sie weglaufen würde.

Das hatte Tanea aber gar nicht vor. Seit Tagen trug

sie ein Stück Holz bei sich, das sie durch ihre Körperwärme zu trocknen versuchte. Auch einen Holzstab hatte sie beim Umherstreifen gefunden und trockenes Moos. Das würde reichen, um ein Feuer anzuzünden. Heute trug sie einen Haufen Flechten und anderes Gestrüpp zusammen. Die Männer achteten gar nicht auf sie.

Tanea setzte sich auf den Boden und legte das flache Stück Holz zwischen ihre Beine. Dann begann sie, den Holzstab wie einen Quirl schnell und immer schneller zu drehen, bis sie eine kleine Mulde in das Holz gebohrt hatte.

Sie wollte ein Feuer anzünden. Aber das Holzstück war noch nicht so trocken, wie sie es gewollt hatte. Als sie schon fast aufgeben wollte, spürte sie den feinen Geruch angesengten Holzes. Sie wußte, sie mußte jetzt noch schneller drehen, dann das Moos vorsichtig dazulegen und in die Glut blasen, bis das trockene Moos Feuer fing.

Tanea hatte lange kein Feuer mehr gemacht. Ihre Gedanken flogen zurück in die Höhle, wo Kirka die Feuerstätte betreute ...

Ein Ausruf des Erstaunens riß Tanea in die Gegenwart zurück. Sie saß inmitten der unwirtlichen Steppe und hatte ein Feuer gemacht. Hell loderten die Flammen im aufgeschichteten Gestrüpp. Tanea legte vom Vorrat, den sie zusammengetragen hatte, nach.

Die Männer drängten sich um das Feuer, sprachen laut miteinander und deuteten immer wieder voller Erstaunen auf die Flammen.

Kocar faßte Tanea an der Schulter, damit sie ihm ihr Gesicht zuwandte. „Du?" fragte er mit Gesten. Sein Griff war nicht so hart wie sonst, und er sah sie ungläubig an. Er rief den beiden anderen etwas zu, und die liefen schnell, um weiteres Brennmaterial heranzuschaffen.

Mit Gesten und Worten fragte Kocar, mit welchem Zauber sie das Feuer gemacht habe. Tanea verstand mehr von seinen Worten, als er ahnte. Und sie wollte ihren Vorteil daraus ziehen. Und so deutete sie erst auf sich und dann auf das Feuer.

„Ich bin eine Feuerfrau. Ich kenne sein Geheimnis."

Tanea hatte schnell erkannt, daß die Männer diese Art des Feuermachens nicht kannten. Zufrieden dachte sie: Ab heute esse ich kein rohes Fleisch mehr.

Abend für Abend spielte sich nun das ab, was Tanea immer mehr Achtung bei den Männern verschaffte: Sie machte Feuer.

Es bereitete ihr Vergnügen, wenn Kocar, Gren und Nor sich sofort auf die Suche nach Brennbarem machten, kaum daß sie von den Pferden gesprungen waren. Wenn dann dazu noch frisches Fleisch in der Glut garte, waren die Männer so zufrieden, daß alle Wildheit aus ihren Gesichtern wich. Sie sonderten sich auch nicht mehr ab. Wie selbstverständlich saß Tanea mit ihnen am Feuer und versuchte, ihrem Gespräch zu folgen. Nie gab sie jedoch zu erkennen, wieviel sie schon gelernt hatte.

So erfuhr sie, warum die Männer den weiten Weg nach Westen unternommen hatten. Ihre Versuche, Frauen zu rauben, waren bisher erfolglos gewesen. Auf dem Rückweg hatten sie die Spuren entdeckt, die ins Tal führten. Tanea war eine leichte Beute für sie gewesen. Aber sie waren sehr enttäuscht, als sie feststellten, wen sie geraubt hatten: ein Mädchen, fast noch ein Kind. Beinahe hätten sie Tanea wieder laufen lassen, da hatten sie ihr langes, helles Haar entdeckt. So einen Menschen hatten sie noch nie gesehen. Und es war besser, mit einem so außergewöhnlichen Mädchen zurückzukommen, das irgendwann mal eine Frau sein würde, als mit leeren Händen. Aber nun waren sie sehr zufrieden mit ihrem Fang: Das Mädchen besaß das Geheimnis, Feuer zu machen. Das wog alles andere auf. Und so konnten sie sich getrost auf den Rückweg machen und ihre Zelte in der Steppe suchen.

Auch das erfuhr Tanea am Lagerfeuer: Dieser Clan zog den Herden nach, den Wisenten und den Rentieren. Sie lebten nicht in Höhlen, sondern hatten aus Tierhäuten Zelte errichtet, die sie an immer wieder anderen Stellen aufbauten, um ihrer Jagdbeute nahe zu sein. Das Feuer trugen sie in Behältnissen aus feuchtem Lehm mit sich. Wenn es verlorenging, war das für diese Menschen ein großes Unglück. Dann wurden Männer ausgeschickt, die bei einem anderen Clan, oft viele Tagesritte entfernt, für viele Tierhäute oder andere wertvolle Dinge Feuer eintauschen mußten. Manchmal kam das Feuer von selbst zurück, aber dann meistens durch ein schreckliches Unwetter, vor dem sich alle fürchteten.

Tanea lauschte neugierig diesen Gesprächen. Sie umgab ihre Kunst des Feuermachens mit geheimnisvollen Ritualen, die sie selbst erfand. Die Männer nannten sie nun achtungsvoll *Feuerfrau.*

Noch etwas geschah in dieser Zeit, da Kocar, Gren und Nor sie immer weiter nach Nordosten verschleppten. Wenn abends das Feuer brannte, wurden die Steppentiere davon angezogen, wagten aber nicht, nahe heranzukommen. Oft waren sie dann leichte Beute für die Jäger, die sich zu Fuß anschlichen. Die Pferde wurden auch in der Nähe des Feuers gehalten, so gab es keine Verluste.

Einmal hörte Tanea das vertraute Heulen eines Wolfes. Sie schloß einige Herzschläge lang die Augen. War das ihre Wölfin?

Nor sprang aufgeregt auf und wollte davonstürzen, um das Raubtier zu erlegen oder wenigstens davonzujagen. Aber Tanea war schneller.

„Nein!" schrie sie und benutzte unwillkürlich die Sprache der Männer. „Nein!"

Erschrocken setzte sich Nor wieder hin. Drei Augenpaare waren auf sie gerichtet und warteten auf eine Erklärung. Tanea schwieg und ging furchtlos ein Stück in die Dunkelheit. Dann schrie sie ihr: „Hoa! Hoa! Hoa!"

Als Antwort kam das langgezogene Heulen des Wolfes. Tanea spürte, es war nicht ihre Wölfin. Trotzdem hatte sie keine Angst. Ein Stück entfernt sah sie das Leuchten der Wolfsaugen. Tanea blieb stehen, ohne sich zu rühren. Da drehte sich das Tier um und trabte ohne Eile davon.

Als sie zu den Männern zurückkam, las sie in den Gesichtern eine abergläubische Scheu.

„*Feuerfrau* und *Wolfsfrau*", flüsterte Nor. Tanea wollte den Eindruck, den sie auf die Männer gemacht hatte, nicht zerstören. Sie wickelte sich schweigend in ihren Pelz und legte sich zum Schlafen nieder.

Tanea lernte unterwegs auch einiges von den Männern: wie man auf dem Pferd sitzen und es mit den Schenkeln lenken konnte, ohne sich ständig wund zu reiten. Während der langen Ritte hatte sie ihre braune Stute mit den weißen Flecken oft gestreichelt. Seit sie ihre Angst vor diesen Tieren überwunden hatte, war die Stute ihr ans Herz gewachsen.

Die Männer ritten männliche Tiere, die viel wilder waren. Denen ging Tanea immer noch aus dem Wege. Aber für ihre Stute suchte sie oft zarte Triebe von Flechten oder anderen Gewächsen der Steppe, die sich jetzt zaghaft aus dem Boden schoben. Der Winter schien vorbei zu sein. Nur noch in wenigen Bodenmulden hielt sich der Schnee. Tanea verband mit dem nahenden Frühling Hoffnungen. Vielleicht gelang es ihr zu fliehen. Vielleicht.

Aber dazu brauchte sie noch mehr als ein Pferd. Sie hatte den Männern zugesehen, wenn sie vom Pferd aus ihre Bogen spannten und blitzschnell die Pfeile auf kleine Tiere abschossen, die aus ihren Erdlöchern krochen. Nur selten verfehlten sie ihr Ziel.

Tanea wollte diese Kunst des Jagens auch lernen. Es konnte ihr sehr nützlich sein, wenn sie auf der Flucht war. Und zurück wollte sie vom ersten Tag an. Sie konnte sich einfach nicht vorstellen, bei diesen Menschen zu leben, die von einer Stelle der Steppe zu einer anderen zogen und ihre Behausungen immer mit sich schleppten.

Längst hatte Tanea unter den Dingen, die Kocar und seine zwei Begleiter auf die zusätzlichen Pferde gepackt hatten, auch ihre Wurfschleuder gefunden. Aber was war das für eine dürftige Waffe gegen einen Bogen und Pfeile! Ezuk würde staunen, wenn sie damit zu ihm zurückkäme.

In Taneas Kopf entstand ein weiterer Teil ihres Fluchtplanes: Ich brauche auch für Ezuk ein Pferd. Wenn er auf einem Pferd reitet und seine Pfeile vom Bogen surren läßt, ist er wieder ein vollwertiger Jäger. Ezuk wird nicht nur zwei Beine haben, sondern vier! Es war fast ein Glück, daß die Männer sie geraubt hatten. Nie hätte sie sonst von der Möglichkeit erfahren, Ezuk vier Beine zu schenken. Seine Krücken konnte er dann in der Höhle lassen. Er würde sie nicht brauchen, wenn er mit ihr, Tanea, jagte. Und die Rutsche brauchten sie dann auch nicht mehr. Sie wurde richtig vergnügt, als sie sich immer neue Möglichkeiten ausdachte, wie sie Ezuk überraschen würde.

Nur eines machte ihr Sorgen: Jetzt war das Frühjahr da. Jonk, Kirka und das Kind würden sich auf den Weg zu ihren Leuten am Fluß machen. Ezuk wollte nicht mit ihnen gehen. Wie aber sollte er allein zurechtkommen?

Vielleicht hatte sich Jonk auch auf die Suche nach

ihr gemacht. Er wird mich nicht finden und umkehren müssen, dachte sie. Es ist zu weit.

Kocar und Gren hatten sich von Tanea und den Pferden entfernt. Nor war zurückgeblieben, während die anderen für eine Fleischmahlzeit sorgen wollten. Es war heller Tag, und die drei schienen es jetzt gar nicht mehr eilig zu haben. Aus ihren Äußerungen entnahm Tanea, wie nahe sie den Leuten ihres Clans zu sein glaubten. Die Gelegenheit schien ihr günstig zu sein. Sie griff nach dem Bogen, den Nor neben sich liegen hatte, und wog ihn in den Händen. Er war schwerer, als sie dachte, und ihre Arme sanken schnell nach unten. Nor lachte, als er ihre Bemühungen sah. Sein Lachen stachelte Taneas Ehrgeiz an. Sie bückte sich und nahm einen Pfeil aus seinem Köcher. Dann legte sie ihn auf den Bogen, wie sie das bei den Männern beobachtet hatte, und zerrte die Sehne straff.

Sie strengte sich sehr an, aber es gelang ihr nicht, den Pfeil wegschnellen zu lassen. Nor lachte immer noch. Gutmütig stand er auf, trat hinter sie und half ihr, einen Pfeil aufzulegen und abzuschießen. Dann nahm er ihr die Waffe aus der Hand und sagte: „Frauen jagen nicht."

Tanea stand kerzengerade vor ihm, und ihre Augen sprühten vor Zorn. „Frauen jagen!" schrie sie ihm in seiner Sprache zu. Dann drehte sie sich um und rannte weg.

Sie hatte ihre Wurfschleuder bei sich. Bisher hatte sie sie unter ihrer Kleidung versteckt. Jetzt suchte sie sich handliche Steine, von denen sie wußte, daß sie mit ihnen ein kleines Tier töten konnte. Aufmerksam hielt sie Ausschau nach einem Nager, die jetzt wieder häufiger aus ihren Erdlöchern kamen als im Winter. Sie hatte Glück, und sie war stolz darauf, noch nichts verlernt zu haben.

Fast gleichzeitig mit den beiden anderen kam sie am

Lagerplatz an. Sie warf das getötete Tier zu der Jagdbeute der anderen, dann zog sie Nor ganz selbstverständlich das Steinmesser aus dem Gürtel und schnitt
dem Nager die Kehle durch, damit er ausbluten konnte. Sie wischte das Messer mit einem Grasbüschel sau-
ber und reichte es Nor zurück.

Wieder war in den Gesichtern der Männer ungläubi-
ges Staunen. Nicht einmal Kocar wußte, wie er sich
verhalten sollte. Aber aus ihren spärlichen Kommenta-
ren entnahm Tanea einen weiteren Namen, den sie ihr
gaben: *Jagdfrau*.

Kocar selbst war es, der ihr in den nächsten Tagen
beibrachte, wie sie mit Pfeil und Bogen umgehen mußte. Er sah, wie sie mit dem Gewicht der Waffe zu
kämpfen hatte. „Wenn wir unsere Zelte erreicht haben,
bekommst du einen Bogen, der leichter ist. Meinen
Bogen, den ich als Knabe hatte ...“

Tanea nickte. Sie ahnte, die drei Männer wollten sie
als besondere Beute vor ihren Leuten zeigen. Warum
sonst sollten sie sich so viel Mühe machen, ihr etwas
beizubringen, was den Frauen ihres Clans nicht gestat-
tet war.

Der Frühling hielt auch in das Tal Einzug. Die Sonne
schmolz die Schneereste weg, und öfter als im Winter
arbeitete Kirka draußen vor der Höhle. Sie hatte ein
paar weiche Felle ausgebreitet, auf denen das Kind
herumkroch und lautstark auf sich aufmerksam machte. Jonk war unermüdlich unterwegs, um Fleischvorräte
heranzuschaffen, die Kirka in Streifen schnitt und zum
Trocknen aufhängte. Die Felle schabte sie von jegli-
chen Resten frei, dann walkte sie Fett in die Häute, um
sie geschmeidig zu halten.

Wenn das Kind in der Höhle schlief, war auch sie
unterwegs. Sie suchte Wurzeln und Kräuter, sammelte
Holz und wusch am Bach die Felle und Lederkleidung.

Der Tag schien nie zu reichen für all die Arbeiten, die sie sich aufbürdete.

Auch Ezuk war nicht untätig. Er konnte den beiden nicht helfen, wenn sie unterwegs waren, aber er hatte aus seinen Vorräten unbearbeitete Feuersteinknollen herausgesucht, aus denen er jetzt den harten Kern herausschlug. Er saß auf seinem Stein, vor den Jonk ihm einen zweiten gerollt hatte, den er jetzt als Amboß benutzen konnte. Die Arbeit ging Ezuk nicht so gut von der Hand, wie er es sich vorgestellt hatte. Lange Zeit hatte er diese Arbeit nicht mehr gemacht. In seinen Gedanken entstanden scharfe Abschläge, hervorragend geeignet für Messerklingen und scharfe Speerspitzen, aber allzuoft mußte er den Schlagstein aus der Hand legen, ohne wirklich brauchbare Abschläge erzielt zu haben.

Kirka machte ihm Mut. „Schau, die kleinen spitzen Splitter könntest du mir geben. Damit kann ich viel leichter Löcher in Leder bohren als mit Knochen. Und das hier eignet sich gut als Schaber. Mach nur weiter, Ezuk. Ich kann alles verwenden."

Ezuk machte weiter, um sie nicht zu enttäuschen. Und es gelang ihm auch immer besser. Abends konnte er Jonk vier scharfe Klingen geben.

Bei seiner Arbeit hatte er viel Zeit, um nachzudenken. Immer wieder folgten seine Gedanken Tanea, die von den Pferdeleuten verschleppt worden war. Jonk hatte ihm versprochen, Tanea zu suchen und zurückzubringen. Er wollte sich aufmachen, sobald er ausreichend Vorräte für ihn und Kirka angesammelt hatte. Kirka und das Kind sollten bei Ezuk bleiben, bis er mit Tanea zurückkäme.

„Sie werden Tanea nicht freiwillig herausgeben", hatte Ezuk zu bedenken gegeben. „Du allein kannst sie nicht zwingen."

„Ich werde sie holen."

Kirka hatte ein weiches Leder ausgebreitet und ihre ganze Habe darauf gelegt. Es waren die Geschenke, die sie zum Abschied von ihren Leuten bekommen hatte. „Nimm das alles mit, Jonk. Vielleicht geben sie dir Tanea dafür zurück."

Ezuk hatte sich abgewandt. Sie sollten nicht sehen, wie gerührt er war. Auch er war bereit, Jonk alles mitzugeben, was ihm wertvoll war. Seit Tanea verschwunden war, überfielen ihn immer wieder düstere Gedanken, in denen er seinen Tod herbeisehnte. Er mußte sich dann gewaltsam wieder losreißen und sich vorstellen, wie traurig Tanea wäre, wenn sie ihn nicht in der Höhle fände, falls sie vielleicht doch irgendwann zurückkehrte.

Oft lag er nachts wach. Das war ihm die liebste Zeit, weil ihn da keiner störte. Er erinnerte sich dann an alles, was ihn einst erfreut hatte, als Tanea noch da war. Und immer mehr nährte er dabei seine Hoffnung, sie käme wieder zurück.

Tanea ist kein Mädchen, das alles mit sich geschehen läßt. Wenn sie den ersten Schrecken überwunden hat, dann sucht sie gewiß nach Gelegenheiten, um zu entfliehen. Nur – wird sie den Weg zurück auch finden?

Jonk hatte bei der Suche nach den Männern, die Tanea geraubt hatten, schließlich auch Spuren in der Steppe gefunden, die eindeutig die Fluchtrichtung anzeigten. Zu Jonks Verwunderung waren die Menschenspuren dann plötzlich verschwunden. Nur die von mehreren Pferden waren zu sehen gewesen.

„Sie haben die Beine der Pferde benutzt", erklärte Ezuk. „Damit sind sie schneller, als irgendein Mensch je laufen kann."

„Ob Tanea auch auf solch einem Tier sitzt?"

Darauf wußte Ezuk auch keine Antwort. Auf viele Fragen wußte er keine Antwort. Ob es richtig war, wenn Jonk ins Ungewisse ging, um Tanea zu suchen? Ge-

112

schah ihm unterwegs ein Unglück, wären sie alle verloren: Kirka, das Kind und er. Und Tanea auch.

Sollte er nicht Jonk dazu überreden, Kirka und das Kind zu seinen Leuten, dem Bärenclan am Fluß, zu bringen, ehe er sich auf die Suche nach Tanea begab?

Aber Jonk war nicht dazu zu bewegen. „So lange Zeit darf nicht vergehen. Wer weiß, wo ich die Pferdeleute finde. Bevor der Sommer vergeht, bin ich wieder zurück. Mit Tanea ...“

Oder ohne sie, dachte Ezuk zu Ende, weil Jonk nicht weitersprach. Und er wußte auch, warum Jonk Kirka und das Kind bei ihm zurückließ. Allein war er hilflos.

Auf andere angewiesen zu sein, das stieß Ezuk immer wieder bitter auf. Manchmal wünschte er, die Bärin hätte ihn getötet. Aber was wäre dann aus Tanea geworden? Vieles, was er ihr inzwischen gesagt hatte, wußte sie damals noch nicht. Und war es nicht undankbar ihr gegenüber, die ihn gerettet hatte, so etwas zu wünschen?

Tanea braucht mich, und hätte ich zwei gesunde Beine, ich hätte keinen Augenblick gezögert, denen zu folgen, die sie geraubt haben! Voller Zorn über seine Behinderung schlug Ezuk immer wieder gegen das zerschmetterte Bein, das wie ein lebloses Anhängsel war. Und er wußte, das würde immer so bleiben.

Als Jonk sich auf den Weg machte, um nach Tanea zu suchen, schleppte sich Ezuk auf seinen Krücken bis zu seinem Stein. Er sah Jonk nach, so lange er ihn sehen konnte. Kirka war ein Stück mit ihm gegangen, jetzt kam sie die kleine Anhöhe herauf. Sie versuchte, Ezuk nicht merken zu lassen, wie traurig sie über die Trennung war. „Jonk wird Tanea finden. Er wird bald zurückkommen“, sagte sie.

Ezuk spürte, wie sehr sie sich selbst damit Mut machen wollte.

Nach vielen Tagen kam Jonk niedergeschlagen zurück. „Ich habe die Spuren nicht mehr gefunden", gestand er. „Ich bin immer weiter gelaufen, aber nirgendwo konnte ich Spuren von Tanea finden."

Ezuk nickte nur. Er hatte sowieso nicht daran geglaubt, daß Jonk sie finden würde. Hätte ich nur gesunde Beine, dachte er verzweifelt. Ich würde laufen, bis ich sie gefunden hätte. Aber er machte Jonk keinen Vorwurf. „Ihr müßt euch auch bald auf den Weg machen", sagte er statt dessen. „Kirka und das Kind müssen zum Bärenclan am Fluß."

„Und du, Ezuk?"

„Ich bleibe hier. Du kennst die Gründe. Und – vielleicht konnte Tanea fliehen und kommt zurück. Sie darf keine leere Höhle vorfinden. Ich werde auf sie warten."

Jonk und Kirka spürten, wie wenig Hoffnung er hatte. Trotzdem würde Ezuk nicht mit ihnen gehen. Sie erwogen Möglichkeiten, wie sie ihn mitnehmen könnten, auf der Rutsche vielleicht, die Jonk ziehen könnte.

„Nein!" Ezuks Gesicht wurde seltsam starr, und seine Augen schauten ins Leere. „Wenn ich jemals zum Bärenclan am Fluß zurückkehre, dann nicht als Krüppel auf einer Rutsche. Und niemals ohne Tanea."

Dann nie, dachte Jonk traurig. Er spürte, welcher Schmerz in Ezuk bohrte. „Wir werden denen, die zu dir stehen, alles berichten", sagte er. „Deine Mutter und Arun ..."

„Ich will kein Mitleid", fuhr ihn Ezuk an. „Wenn Arun mich als Bruder sehen will, dann sage ihm, wo er mich finden kann. Aber es hat keine Eile."

In den nächsten Tagen hatten Jonk und Kirka viel vorzubereiten. Sie häuften Vorräte an, die es Ezuk ermöglichen sollten, den Winter zu überstehen. Es war sehr fraglich, ob irgend jemand im Clan sich auf den Weg machen würde, um Ezuk aufzusuchen. Sie mußten

Geduld haben. Jonk besprach sich mit Kirka: „Wenn keiner gehen will, dann werde ich im nächsten Frühjahr hierher zurückkehren. Ich werde ein Boot nehmen, und bis zum Fluß werde ich Ezuk auf der Rutsche ziehen. Und – vielleicht kommt ja Tanea doch noch zurück.“

„Ja. Vielleicht.“ Kirka glaubte nicht mehr daran.

Aber sie drängte zur Eile. In ihrem Leib wuchs wieder ein Kind. Sie wollte es nicht wieder unterwegs gebären. Doch davon sagte sie Jonk noch nichts.

Ezuk war es, der Kirka darin unterstützte, endlich aufzubrechen. „Wenn ihr so weitermacht, habe ich keinen Platz mehr für mein Schlaflager und das Feuer“, sagte er und versuchte, dabei seine Rührung zu unterdrücken. „Also geht endlich.“

Als sie sich dann an einem der nächsten Tage auf den Weg machten, schaute er ihnen von seinem Stein aus nach, bis er sie nur noch als kleine Punkte am Ausgang des Tales erkennen konnte.

Seltsam still war es plötzlich. Es wird nun immer so sein, dachte er. Die Erinnerungen werden über mich herfallen, und ich werde schon froh darüber sein, wenigstens sie in meiner Höhle zu beherbergen. Zu den früheren Erinnerungen sind nun auch die des letzten Winters und dieses Sommers hinzugekommen. Welche werden mich öfter besuchen?

Er nahm einen zugespitzten Feuerstein und ritzte neben die Lebensjahre Taneas andere: die des kleinen Ezuk und den Weggang der drei Menschen, die dorthin zogen, von wo man ihn verstoßen hatte.

Tanea sah die runden Hütten mit den spitz aufgesetzten Dächern eher als die drei Männer. Sie roch auch den Rauch der Feuer, obwohl es ihrer Meinung nach kein Holz war, das brannte.

Kurz darauf stieß Kocar einen schrillen Schrei aus, in

den die beiden anderen einstimmten. In wildem Ritt nahmen sie die letzte Strecke. Ihnen kamen andere auf Pferden entgegen, die ebenso laut schrien. Tanea wurde von ihnen in die Mitte genommen und bis zu den runden Zelten gebracht. Dort sprangen ihre Begleiter ab, und einige Halbwüchsige führten die Pferde weg.

Ohne die Stute, auf der sie bisher geritten war, fühlte Tanea sich plötzlich verlassen. Sie schaute in die Gesichter der Umstehenden und konnte Kocar, Gren und Nor nicht darunter entdecken. Alle schienen einander auf eigenartige Weise zu ähneln. Die dunklen, schrägstehenden Augen und das schwarze Haar hatten sie schon unterwegs verwirrt, wenn sie Kocar und Gren auseinanderhalten wollte. Nor konnte sie schneller von den anderen unterscheiden, weil er eine kleine Narbe am Kinn hatte. Aber diese Menschen glichen einander zu sehr.

Tanea konnte nicht einmal sofort feststellen, wer ein Mann oder eine Frau war. Einige schienen sehr alt zu sein. Ihre Gesichter waren ganz runzelig.

Immer noch standen die Menschen um Tanea herum. Aber dann kam Bewegung in die Gruppe. Sie machten anderen Platz, die den Kreis durchschritten und direkt auf Tanea zugingen.

Tanea spürte, wie sie sich verkrampfte. Sie hatte Angst vor diesen Leuten. Solche Angst hatte sie bisher nie gehabt, und es nahm ihr fast die Luft, als eine runzelige Hand ausgestreckt wurde und jemand nach ihrem Haar griff.

Hinter der Gruppe, die auf Tanea zugegangen war, entdeckte sie jetzt Kocar und seine beiden Begleiter. Sie sahen nicht mehr so selbstbewußt aus wie auf dem langen Weg hierher. Unsicher und ängstlich beobachteten sie, wie Tanea gemustert wurde.

Es war eine Frau, die nach Taneas Haaren gegriffen hatte. Ihre Augen waren streng und ihre Hände hart.

Sie winkte Kocar heran und befahl ihm etwas. Vor Aufregung verstand Tanea nicht, was die alte Frau gesagt hatte. Der Kreis um sie löste sich auf. Eine zweite Frau, eine jüngere, packte Tanea am Arm und schob sie in eine der runden Hütten. Es war dunkel darin, und Tanea konnte kaum die Hand vor den Augen sehen. Eine der Frauen war mit ihr in die Hütte getreten. Sie hatte wieder Angst. Freundlich war der Empfang bisher nicht gewesen. In den letzten Tagen ihrer Reise hatte sich Tanea ganz andere Vorstellungen davon gemacht. *Feuerfrau – Wolfsfrau – Jagdfrau!*

Am Eingang erschien die jüngere der beiden Frauen und trug ein Licht in die Hütte. In einem kleinen, knöchernen Gefäß steckte ein Docht im Fett. Tanea wußte von Ezuk von solchen Lichtern. Aber bisher war ihnen das Feuer immer Licht genug gewesen. Sie konnte nicht weiter darüber nachdenken, denn die jüngere der beiden Frauen, die in einer dicken Pelzhose und Jacke steckte, zog ihr einfach alles aus, was sie anhatte, und stieß sie grob auf einen Haufen harter Felle. Die Alte hielt das Licht und schaute Tanea mißbilligend an. Dann gab sie der Jüngeren ein Zeichen, und die zog Tanea gewaltsam die Beine auseinander und betastete ihre Scham.

Tanea war wie erstarrt. Sie brachte vor Angst keinen Ton aus ihrer Kehle. Was wollten die beiden von ihr? Was hatten sie vor? Sie fühlte sich gedemütigt wie nie zuvor in ihrem Leben.

Endlich ließ die Frau von ihr ab und schüttelte den Kopf. „Keine Frau, ein Kind. Sie hatte noch keinen Mann."

Die beiden ahnten nicht, wieviel Tanea schon von ihrer Sprache verstehen konnte. Angstvoll krümmte sie sich auf den harten Fellen zusammen. Da griff die alte Frau nach Taneas Amulett, dem Bernstein. Aber noch ehe sie richtig zugreifen konnte, biß Tanea sie in die

Hand. Blitzschnell umfaßte sie den Bernstein und schrie in der Sprache der Pferdemenschen: „Nein!"

Die alte Frau rieb sich die Stelle, an der Tanea sie in die Hand gebissen hatte. Sie schien nicht einmal böse oder erstaunt darüber zu sein. Sie wies auf einen Stapel Pelze und sagte: „Zieh das an!"

Tanea tat, als verstünde sie nicht, was sie tun sollte. Da suchte die jüngere Frau eine Jacke, eine Hose und kniehohe Pelzstiefel aus dem Stapel und warf Tanea alles zu.

Sie ließen das Licht zurück, als sie aus der Hütte gingen. Taneas Kleidung nahmen sie mit. Meine Wurf-schleuder ist darin, dachte Tanea. Schnell zog sie Jacke, Hose und Stiefel an. Sie fror. Sie kauerte sich auf den Fellen zusammen und barg den Kopf in ihren Armen. So einsam und ausgeliefert hatte sie sich noch nie gefühlt. Hinzu kam die Demütigung, die sie eben er-fahren hatte. Was bewog diese Frauen, sie nackt auszu-ziehen, ihre Beine gewaltsam zu spreizen und ihre Scham zu betasten! Und was hieß das: Sie hatte noch keinen Mann ...

Irgendwann kam jemand und brachte ihr eine Scha-le mit einer weißen Flüssigkeit. Sollte sie das trinken? Was war das? Sie roch daran, dann tauchte sie den Finger hinein und kostete. Es schmeckte ungewohnt, aber nicht schlecht. Tanea trank die Schale leer. Sie hatte Hunger. Dann stand sie auf und wollte die Hütte verlassen. Doch vor dem Eingang stand ein Mann, der sie wieder zurückstieß. Warum ließ man sie nicht hin-aus? Sie hatte doch die Kleidung dieser Menschen angezogen.

Die Hütte hatte Stützen aus dünnen, langen Bäu-men, deren Äste entfernt worden waren. In der Mitte waren die Stangen zusammengebunden, und darüber lagen Lederplanen. Besonders schön fand Tanea das nicht.

118

Ezuks Höhle war viel geräumiger. Kirka hatte ihr von solchen Zelten erzählt, aber in ihren Erzählungen waren die Zelte größer und mit vielen weichen Fellen ausgelegt. Und in der Mitte brannte in Kirkas Berichten ein Feuer, dessen Rauch oben an der Zeltspitze abziehen konnte.

Als sie alles genau untersucht hatte, setzte sich Tanea wieder auf die unbearbeiteten Felle. Sie konnte nichts anderes tun, als zu warten. Und zu denken.

Die Demütigung, die ihr angetan worden war, trieb ihr die Wutröte ins Gesicht. Ich werde zu diesen Leuten auch nicht freundlich sein, schwor sie sich. Sie sollen nicht wissen, wieviel ich von ihrer Sprache schon gelernt habe. Und sie dürfen auf keinen Fall meine Fluchtpläne erraten. Immer können sie mich nicht hier in diesem Zelt festhalten. Und dann werde ich zu Ezuk zurückkehren. Ich werde ihm diesmal vier Beine mitbringen.

Es war schon dunkel, als Tanea geholt wurde. Das Zelt, in das man sie brachte, war größer und ausreichend mit weichen Sitzgelegenheiten ausgestattet. In der Mitte brannte ein Feuer. Unter denen, die im Zelt waren, erkannte Tanea Kocar, Nor und Gren wieder. Auch die alte Frau war dabei. Sie schien eine besondere Stellung einzunehmen, denn sie saß an der Seite der Männer, die Tanea aufmerksam ansahen, während Kocar, Gren und Nor unsicher an einer Zeltwand zusammenstanden.

„Versteht sie, was ich sie frage?" Der Mann, der in der Mitte saß, richtete das Wort an Kocar.

„Manchmal ja, meistens nein."

Tanea war froh, daß sie sich meistens mit Nor unterhalten hatte. Auf diese Weise war Kocar entgangen, daß sie sehr wohl verstand, was von ihr verlangt wurde. Sie schickte einen raschen Blick zu Nor. Er sah sie nicht an, er hielt die Augen gesenkt. Hatte er Angst vor diesem Mann und der alten Frau?

„Dann sage ihr, was ich von ihr wissen will", forderte der Mann.

„Ja. Ich werde es versuchen, Wor."

„Frage sie, weshalb ihr Haar so bleich ist. Frage sie, ob alle in ihrem Clan so helle Haut haben. Frage sie, welches Totem sie haben."

Kocar bemühte sich sehr, sich Tanea verständlich zu machen. Er tat das mit Worten und unterstrich sie mit Gesten, so wie sie sich unterwegs verständigt hatten. Nur waren da die Fragen einfacher gewesen, da ging es um Alltägliches, das man zeigen konnte.

Tanea machte es ihm nicht leicht. Sie hatte genau verstanden, was der Mann fragte. Aber indem sie Kocar umständlich erklären ließ, was er wissen wollte, konnte sie sich die Antworten genau überlegen. Schließlich gab sie zu verstehen, nur sie habe so helles Haar, ihre Leute seien dunkelhaarig, hätten aber andere Augen als die Pferdeleute. Und das Totem des Clans sei das des *Großen Höhlenbären.*

Diese kleine Lüge war ihr zuletzt noch eingefallen. Und gehörte nicht Ezuk trotz allem, was geschehen war, zu diesem Clan? Sie merkte auch, es machte Eindruck auf die Leute im Zelt. Dadurch ermutigt, reckte sich Tanea. Niemand sollte denken, die Angst krümme ihr den Rücken.

Der Mann fragte weiter: „Wie viele Männer, Frauen und Kinder gibt es in diesem Clan?"

Das wußte Tanea nicht. Aber sie dachte, es könne nichts schaden, wenn sie viele nannte. Und so streckte sie mehrmals die Finger beider Hände in die Luft.

„Wie alt bist du?"

Das war einfach zu beantworten. Tanea zeigte die Finger beider Hände. Der Mann nickte der alten Frau zu.

„Du kennst das Geheimnis, wie man Feuer macht?"

„Ja."

„Zeige es uns!"

„Nein!" Dieses Nein sagte Tanea wieder in der Sprache der Leute, die sie so schlecht behandelten, deren Gefangene sie war.

„Du wirst es uns zeigen!" schrie der Mann zornig und funkelte sie drohend an.

„Nein!"

Der Mann schwang einen Lederriemen, der Tanea tief ins Gesicht schnitt. Sie biß sich in die Hand, um den Schmerz nicht laut herauszuschreien. Wieder empfand sie das Gefühl der Demütigung. Nie zuvor hatte jemand gewagt, ihr auf diese Weise weh zu tun. Sie hatte manchmal bei Kocar gesehen, daß er seinen Hengst auf diese Weise züchtigte, und sie hatte den Schmerz des stolzen Tieres mitgefühlt. Wie konnte es dieser Mann wagen, ihr das anzutun!

„Sagst du es jetzt?" fragte der Mann. Die Zornesadern an seiner Stirn schwollen dick an.

„Nein!"

Als er erneut den Lederriemen schwingen wollte, fiel ihm die alte Frau in den Arm. „So erfährst du es nie", sagte sie. Ihre Stimme klang streng, und der Mann ließ seine Hand zögernd wieder sinken. Die alte Frau erhob sich von ihrem Fellsitz, und Tanea staunte, wie behende sie war.

„Komm jetzt mit mir", sagte sie zu Tanea. „Du wirst bei mir schlafen."

Sie schob Tanea in die Dunkelheit hinaus und zog sie am Arm mit sich. Dabei murmelte sie etwas vor sich hin, was Tanea nicht verstand. Im Zelt der Alten brannte kein Feuer, aber irgend jemand brachte schnell ein Licht.

Tanea sank erschöpft auf das Lager, das die alte Frau ihr angewiesen hatte. Die legte ein warmes Fell über

121

sie, dann löschte sie die Lampe. Tanea roch noch lange das ranzige Fett. Wie wird das alles weitergehen, dachte sie verzweifelt. Ich will fort von hier. Aber wie?

Es war heller Tag, als Tanea erwachte. Sie war allein in dem runden Zelt, in das die alte Frau sie am Abend vorher gebracht hatte. Als sie sich aufrichtete, sah sie an Schnüren allerlei furchterregende Dinge baumeln: seltsame Fratzen fletschten die Zähne, schwarze Vögel schienen auf sie zuzustürzen, Knochen klapperten im Wind, der durch den offenen Eingang hereinblies. Am liebsten hätte Tanea die Felldecke wieder über den Kopf gezogen und sich darunter versteckt. Sie wußte nicht, was das alles zu bedeuten hatte. Sollte sie dadurch Angst bekommen und eingeschüchtert werden?

Die alte Frau trat in das lederne Zelt. Sie stellte eine Schale mit der weißen Flüssigkeit hin, von der Tanea schon einmal getrunken hatte. „Trink!" sagte sie.

Tanea verstand, aber sie wollte auch wissen, was sie trinken sollte. Mit Gesten versuchte sie, ihre Frage verständlich zu machen.

„Milch", sagte die alte Frau und entblößte ihre Zähne, was sicher ein freundliches Lächeln sein sollte. „Milch von den Stuten."

Tanea setzte die knöcherne Schale an die Lippen und trank. Sie konnte sich nicht recht vorstellen, wie Milch von den Stuten kommen konnte. Sie wußte von Kirka, daß deren Kind von der Milch satt wurde, die es aus ihren Brüsten trank. Hatten Stuten auch Brüste?

Als sie die Stutenmilch ausgetrunken hatte, hörte das bohrende Gefühl in ihrem Leib auf. Sie hatte großen Hunger gehabt.

Die alte Frau deutete mit dem Zeigefinger auf sich und sagte: „Ich bin Mognu. Wie ist dein Name?" Und sie zeigte nun auf Tanea.

Tanea war unentschlossen, weil sie nicht zugeben

122

wollte, wieviel sie von der Sprache der Pferdeleute verstand. Aber dann sagte sie doch: „Tanea."

„Tanea?" Die alte Frau schien in sich hineinzuhorchen, dann faßte sie behutsam nach dem hellen Haar des Mädchens und wiederholte wie zur Bestätigung: „Tanea."

Tanea verlor bald ihre Angst vor dieser Frau. Bisher hatte sie ja nur wenige Frauen gekannt. Kirka war die erste gewesen, mit der sie bewußt in Berührung gekommen war.

Aber Kirka war eine junge Frau, nur wenige Sommer und Winter älter als sie selbst. Mognu schien sehr alt zu sein. Ihre Haut war runzelig, und ihr Haar hatte viele weiße Strähnen. Auch einige Zähne fehlten schon in ihrem Mund, das hatte Tanea vorhin gesehen, als die Frau gelächelt hatte.

„Mognu", wiederholte Tanea. Sie stand auf und reckte sich. Dann wollte sie hinausgehen, aber Mognu hielt sie am Arm zurück. „Wieso darf ich dieses Zelt nicht verlassen?" fragte Tanea ärgerlich in ihrer eigenen Sprache. „Ich muß mich erleichtern!" Und weil sie dachte, Mognu verstehe sie nicht, machte sie entsprechende Gesten. Mognu nickte, ging aber mit Tanea hinaus. Sie führte sie abseits zu einem Gebüsch, und Tanea sah sofort, daß hier die Stelle war, an der auch die anderen ihre Notdurft verrichteten. Sie ließ sich Zeit. Mognu ging langsam wieder auf die Zelte zu. Das wollte Tanea ausnutzen.

Sie zählte an ihren Fingern die Zelte ab. Es war nur eines weniger, als sie Finger an beiden Händen hatte. Vor den meisten Zelten brannten Feuer. Es roch aber nicht nach Holzfeuer.

Etwas abseits weideten die Pferde. So viele konnte Tanea nicht an ihren Fingern abzählen. Das Lager war an einem Wasser aufgeschlagen, von dem Tanea nicht wußte, ob es ein Fluß oder ein breiter Bach war. Zwei

Frauen schöpften daraus Wasser in große Schläuche und trugen es zu den Zelten.

Tanea wurde neugierig und lief zum Wasser hin. Sie bückte sich und faßte mit der Hand hinein. Es war eisig kalt. Aber nirgendwo sah sie einen Zufluß oder einen Abfluß wie bei einem Bach.

Sie spürte, wie jemand hinter sie trat, und drehte sich um. Es war Mognu. „Was bedeutet das Amulett, das du um den Hals trägst?" fragte sie.

Tanea erhob sich aus ihrer Hockstellung. Rasch schob sie den Bernstein, der aus der Felljacke herausgerutscht war, wieder darunter. Sie tat, als verstünde sie Mognu nicht, aber die lachte nur und sagte spöttisch: „Du verstehst mehr, als du zugeben willst. Jetzt hast du dich verraten."

Tanea wurde rot. Sie war ärgerlich auf sich. Jetzt konnte sie Mognu nichts mehr vormachen. „Der Stein gehörte meiner Mutter", gab sie widerwillig Auskunft.

„Weshalb gab sie ihn dir?"

Tanea wußte nicht, wie sie das erklären sollte. „Sie ist tot", sagte sie deshalb einsilbig.

„Laß mich den Stein ansehen", forderte Mognu.

Tanea zog den Bernstein wieder aus dem Ausschnitt, nahm ihn jedoch nicht vom Hals. Mognu griff danach und schloß ihre Hand darum. „Er ist warm", stellte sie verwundert fest. Dann öffnete sie die Hand und betrachtete den Stein. „Wieso ist darin ein Käfer eingeschlossen?"

„Das ist ein Zauber", behauptete Tanea, weil sie es nicht erklären konnte.

Mognu lachte scheppernd. „Was weißt du von Zauber!"

Dann schob sie Tanea vor sich her, um sie ins Zelt zurückzubringen. Tanea sah vor zwei dieser runden Lederzelte Frauen, die mit Steinen Wasser in Kochgruben erhitzten. Über einem Feuer briet Fleisch. Sofort regte sich in Tanea wieder der Hunger. Die Milch hatte ihn nur notdürftig gestillt. Sie wollte zu diesem Feuer gehen und sich von den Spießen etwas geben lassen. Aber Mognu hielt sie zurück. „Warte. Erst essen die Männer."

In Tanea stieg wieder der Ärger hoch. Ich habe Hunger, wollte sie sagen. Sehr großen Hunger. Warum darf ich nicht sofort essen? Aber dann schluckte sie ihre Worte lieber hinunter und lief hinter der Alten ins Zelt. Was durfte man denn hier noch alles nicht? Ezuk hatte ihr nie etwas verboten, was sie nicht einsehen konnte.

Tanea konnte die Tage nicht mehr zählen, die sie nun schon bei den Pferdeleuten war. Sie wußte nur, daß der Mond sich schon zweimal gerundet hatte. Inzwischen hatte sie viel Neues gelernt. Mognu hielt sie nicht mehr im Zelt. Tanea hatte auch ohne Mognus Warnungen begriffen, daß eine Flucht für sie den Tod bedeuten würde.

Ja, wenn man davonrannte und sich nicht darauf vorbereitete, dachte Tanea. Sie gab ihren Plan, zu Ezuk zurückzukehren, nicht auf. Und sie bereitete sich vor.

Es nahm niemand Anstoß daran, wenn Tanea sich mit den Pferden beschäftigte. Vor allem die Stute, auf der sie hergekommen war, lockte sie immer wieder mit ganz bestimmten Lauten zu sich und reichte ihr zarte junge Triebe auf der flachen Hand. Aber sie wollte nicht nur *ein* Pferd mit sich nehmen, wenn sie floh. Sie brauchte auch eins für Ezuk.

Einmal erschrak sie sehr, als ein Hengst ihre Stute bedrängte. Er sprang sie immer wieder an und wieherte wild. Tanea wollte gegen alle Vernunft den Hengst von der Stute wegziehen. Da spürte sie, wie jemand sie derb beiseite riß und sie ins Gras schleuderte. Es war Nor.

Nur selten war sie jetzt mit ihm und den beiden anderen zusammengekommen. Und niemals wieder

125

seit der Zeit ihrer Reise hatten sie miteinander gesprochen.

„Du mußt ihr helfen! Er bringt sie um!" schrie Tanea und rappelte sich wieder auf.

Nor aber lachte nur und ging davon. Mognu kam angelaufen und schaute Tanea verständnislos an. „Was hast du? Es ist ganz natürlich, wenn ein Hengst eine Stute besteigt!"

Tanea konnte sich nur schwer beruhigen. Die Tiere hatten sich wieder getrennt, und die Stute graste ruhig weiter, als sei nichts geschehen.

„Was hat er mit ihr gemacht?" fragte Tanea mit Tränen in den Augen.

Mognu kniff die Augen zu einem schmalen Spalt zusammen und schaute in die Sonne. Sie unterdrückte ein Lachen. Dann schaute sie Tanea wieder an und zog sie an sich. „Du Kind!" sagte sie, und es klang fast zärtlich, obwohl ihre Stimme rauh und heiser war. „Im Bauch der Stute wird dadurch ein Fohlen wachsen", sagte sie. „Aber es dauert lange, ehe es groß genug ist, um geboren zu werden."

Tanea krauste ihre Stirn in angestrengtem Nachdenken. Sie schaute zu den Pferden hin, bei denen sich auch zwei Fohlen tummelten. Dann nickte sie. „Wie bei Kirka und dem kleinen Ezuk", sagte sie. Sie erzählte zum ersten Mal davon, wie sie Kirka geholfen hatte, das Kind zu gebären.

Mognu schüttelte nur den Kopf. „Was du alles weißt, und was du dann wieder nicht weißt. Warum sagst du mir nicht endlich, wie du Feuer gemacht hast?"

Taneas Haltung wurde abwehrend. „Nein."

Sie hatte längst erkannt, daß Mognu, die heilkundige Schamanin des Clans, sie durchschaut hatte.

„Du kommst von Menschen, die das Geheimnis des Feuermachens kennen. Wir kennen es nicht. Warum zeigst du es uns nicht?"

126

„Weil ihr mich weggeschleppt habt!" antwortete Tanea. „Ich will nicht bei euch leben." Mit diesen Worten ließ sie Mognu einfach stehen.

Tanea hütete ihre Geheimnisse. Ich werde sie vielleicht noch einmal brauchen, dachte sie. Und sie lernte jeden Tag etwas dazu. Sie dachte: Wenn man ein kleines Fohlen haben will, dann braucht man dazu eine Stute und einen Hengst, der auf sie springt. Ich kann also nicht zwei Stuten bei meiner Flucht mitnehmen, obwohl sie manchmal Milch hergeben. Wenn ich einen Hengst hätte und eine Stute, dann bekäme ich Milch und ein Fohlen. Und vielleicht im nächsten Sommer wieder ...

Vielleicht würde sie später einmal viele Pferde haben? Sie träumte glücklich in den Tag hinein. Wieviel saftiges Gras ihre Pferde im Tal bei der Höhle finden würden! Im Augenblick aber sammelte sie heilende Kräuter, die ihr Mognu bei gemeinsamen Ausflügen gezeigt hatte. Dieser Beschäftigung widmete sie sich gern. In ihr steckte immer noch die Angst, sie würde wieder einmal eine Krankheit heilen müssen und dann wieder nicht wissen, was zu tun sei. Sie hatte auch Mognus Absicht erraten, sie nach und nach in ihre Heilkunst einzuweihen.

„Es gibt zu wenige Frauen bei den Pferdeleuten", hatte Mognu seufzend gesagt. „Aber ob dich einer in sein Zelt nehmen wird? Sie haben fast eine Art Angst vor dir. Die Männer und die Frauen. Du bist anders."

„Dann laßt mich doch zurückgehen zu meinen Leuten!" Hoffnungsvoll hatte Tanea die alte Frau angesehen. Doch die schüttelte nur den Kopf.

An diesem Tag sammelte Tanea wenig. Immer wieder blieb sie stehen und ließ ihre Gedanken wandern. Sehnsuchtsvoll blickte sie den Vögeln nach, die hinfliegen konnten, wohin sie wollten. Wenn sich ein kleines Steppentier zeigte, dann zuckte es Tanea in den Händen, ihre Wurfschleuder zu ergreifen. Aber die hatte sie nicht wiederbekommen. Wor, der Anführer des Clans, hatte ihre Bitte höhnisch abgelehnt: „Nur Männer jagen."

Sie dachte an Kocar. Hatte er sein Versprechen vergessen, ihr seinen Bogen und die Pfeile zu schenken, die er als Knabe benutzt hatte? Ihr erschienen die Tage, die sie mit den drei Männern unterwegs war, schon wieder so weit weg. Es war alles anders geworden, als sie erhofft hatte. Sie dachte oft an Ezuk. In ihren Gedanken suchte sie immer wieder die Wege im Tal, die sie gegangen war, den Bach, den Großen Fluß ... Aber viel zu schnell fand sie sich dann immer in der Steppe wieder, die hier hügelig war und bis dahin reichte, wo die Berge wie hohe Mauern standen.

„Dort leben unsere Ahnen", hatte ihr Mognu anvertraut. „Sie leben bei den guten und bei den bösen Geistern."

Tanea schaute ohne Furcht zu den Bergen, von denen manchmal die großen Vögel her kamen, die krächzend über den Zelten kreisten und schnell wie Nors Pfeile herabstürzten, um sich ihre Jagdbeute zu holen. Sie vermißte das Heulen der Wölfe. Nur die Hyänen wagten sich manchmal ganz nahe an die Zelte heran.

Mognu nahm mißbilligend die wenigen Kräuter entgegen, die Tanea mitbrachte. Sie ordnete sie und hängte sie dann zum Trocknen vor dem Zelt auf. Tanea war unlustig und beteiligte sich nicht an der Arbeit. Der Tag war nicht so verlaufen, wie sie es gern gehabt hätte.

Immer Verbote und Schelte, wenn sie etwas nicht richtig gemacht hatte. Zu den anderen Frauen gesellte sie sich nur ungern. Die ließen sie fühlen, daß sie fremd war und anders als sie. Mit den wenigen Kindern wollte sie gleich gar nichts zu tun haben. Und so blieb ihr nur Mognu, mit der sie sich unterhalten konnte. Aber die war an diesem Abend auch wortkarg und von einer seltsamen Unruhe ergriffen. Tanea kroch deshalb so bald wie möglich unter ihre Felldecke. Sie hatte Leibschmerzen und dachte, es sei von einem Kraut, von dem sie beim Sammeln gekostet hatte. Es war ihr unbekannt, und sie hatte deshalb auch nur einen Stengel davon mitgenommen, um ihn Mognu zu zeigen. Die aber hatte nur zustimmend genickt und gefragt, wo Tanea das Kraut gefunden habe. „Es ist gut dafür, wenn einer zu unruhig ist", sagte sie, ohne jedoch den Namen der Pflanze zu nennen, wie sie es sonst immer tat.

Tanea dachte jetzt, Mognu sollte selbst von dem Kraut nehmen. So ruhelos wanderte sie sonst nicht von einem Zelt zum anderen und von Feuer zu Feuer. Als sie sich endlich auch auf ihrem Fellager ausstreckte, sagte sie: „Wor wird morgen mit einigen Männern wegreiten. Die Zeichen sind nicht gut."

Sofort war Tanea wieder hellwach. „Welche Zeichen?" fragte sie. Mognu drückte mit Daumen und Zeigefinger das Licht am Docht der Lampe aus. Tanea hatte sich an den ranzigen Geruch gewöhnt und wußte, wie schnell sie einschlief, wenn es dunkel im Zelt war und kein Lichtschein die schaurigen Schatten der Fetische an die Zeltwände werfen konnte. Aber diesmal spürte sie, daß die alte Frau ihre Zweifel loswerden wollte.

„Die Knöchelchen! Sie fallen in die Todesrichtung. Wor will es nicht glauben."

Tanea hatte oft zugesehen, wenn die Alte die aus Därmen gedrehte Schnur ihres Lederbeutels löste und die zarten Knochen in den Staub warf. Meistens bekam sie eine Antwort von ihrem Knochenorakel, die sie befriedigte. Doch diesmal schien sie sehr beunruhigt zu sein. Tanea wollte sagen, wie unsinnig es ihr vorkam, von ein paar Knochen zu erfragen, ob ein Vorhaben gut oder böse ausging. Aber sie wußte auch, wie sehr sie Mognu dadurch kränken würde. Sie konnte auch nicht weiter diesen Gedanken nachhängen, denn sie bekam wieder krampfartige Schmerzen, unter denen sie sich krümmte und leise stöhnte.

„Was hast du?" fragte Mognu besorgt in die Dunkelheit.

„Mein Leib schmerzt. Ich habe von dem Kraut gegessen ..."

„Davon schmerzt der Leib nicht", widersprach Mognu. „Was hast du sonst getan, von dem ich nichts weiß?" Die Frage war streng, und selbst wenn Tanea etwas getan hätte, was sie nicht tun durfte, in diesem Augenblick hätte sie es verschwiegen.

„Nichts", sagte Tanea. „Aber die Schmerzen kommen und gehen. Und mir ist, als müßte ich brechen."

Sie hörte, wie Mognu sich erhob und zu ihr kam. Dann spürte sie die magere Hand der Frau, die sich unter die Felldecke schob und ihren Leib betastete. Die Hand auf ihrem Leib tat gut, und Mognu murmelte leise, unverständliche Worte vor sich hin. Dann schob sie ihre Hand nach unten und legte sie vorsichtig zwischen Taneas Schenkel. Tanea verkrampfte sich, aber Mognu zog ihre Hand schon wieder zurück. Sie ging nach draußen und kam mit der brennenden Lampe zurück. Tanea sah Blut an ihrer Hand. Entsetzt schrie sie auf und zog die Felldecke beiseite. „Ich muß sterben!"

Mognu blieb ungerührt und suchte in ihren Sachen herum.

„Das sind deine Zeichen. Was hast du mit mir gemacht? Soll ich als Opfer für die anderen sterben?" Tanea flüsterte diese Worte nur noch, so entsetzt war sie.

Die Fetische tanzten im Schein der Lampe. Sie hatte große Angst, und ihr war speiübel. „Warum muß gerade ich das Opfer sein? Warum, Mognu? Weil ich dir das

Geheimnis des Feuers nicht verrate? Ich sage es dir. Du wirst es erfahren, Mognu. Niemand außer dir ..."

Tanea wußte gar nicht, was sie in ihrer Angst alles stammelte. Mognu sagte nichts dazu. Sie warf Tanea eine Handvoll weichen Flaum zu, den sie von Pflanzen abgesammelt hatte.

„Du bist heute eine Frau geworden, Tanea", sagte sie weicher, als sie sonst zu sprechen pflegte. Dann hockte sie sich zu Tanea und erklärte ihr, was sie wissen mußte.

„Halte dich während dieser Tage nicht in der Nähe der Männer auf", sagte sie, als sie sich endlich erhob. Sie hatte geduldig alle Fragen des Mädchens beantwortet und sich gewundert, wie unwissend Tanea war. Bevor sie das Licht wieder löschte, holte sie aus ihren Vorräten eine Medizin. Es waren kleine schwarze Kügelchen, die Samen einer Pflanze, die Tanea noch nicht kannte. Wenn man sie zerkaute, ließ der Krampf im Leib nach.

Tanea nahm sich vor, Mognu auch nach dem Namen dieser Pflanze zu fragen. Einerseits wünschte sie sich nichts sehnlicher, als von diesem Clan zu fliehen, andererseits liebte sie diese alte, strenge Frau. Anders als Ezuk, anders als Kirka und Jonk. Sie wußte, wie sehr sie das Wissen dieser alten Schamanin brauchen würde, wenn ihre Flucht gelingen sollte.

Die Medizin tat ihre Wirkung. Tanea spürte den Schlaf kommen. Morgen werde ich über alles nachdenken, dachte sie. In ihr Unterbewußtsein drang die Unruhe Mognus, die sich wieder von ihrem Lager erhoben hatte und nach draußen in die Nacht ging.

Auch am nächsten Morgen hatte sich Mognus Unruhe nicht gelegt. Mognu und Tanea schauten den Männern nach, die zur Jagd auszogen. Eine große Jagd sollte es diesmal werden, und kaum ein Mann blieb zurück. Die Frauen bereiteten sich schon auf die erfolgreiche Rückkehr der Männer vor. Gestelle zum Spannen der Tierhäute wurden hervorgeholt, gedrehte Seile aus Därmen von Zelt zu Zelt gespannt, um die Fleischstreifen daran zu trocknen, Behältnisse zur Aufnahme von Fett bereitgestellt. So eifrig hatte Tanea die Frauen während der Zeit, die sie bei den Pferdeleuten lebte, noch nie gesehen.

Sie ging zu ihnen, um zu helfen. Es widerstrebte ihr, sich untätig hinzuhocken und nur zuzuschauen, während die anderen arbeiteten. Aber sie spürte auch, wie ungern die Frauen sie unter sich duldeten. Immer wieder steckten sie die Köpfe zusammen und flüsterten miteinander.

„Was habt ihr gegen mich?" fragte Tanea die Frau, die am ersten Tag dabeigewesen war, als sie in der Vorratshütte untersucht worden war. Damals hatte Narg gesagt: „Ein Kind. Hatte noch keinen Mann."

Jetzt war sie eine Frau. So hatte es Mognu ihr erklärt. Aber einen Mann wollte sie nicht. Keinen von denen aus dem Clan. Überhaupt keinen! War es das, was ihr die Frauen verübelten?

Narg verzog ein wenig das Gesicht. Doch dann entschloß sie sich zu einer Antwort: „Du bist anders als wir. Du bringst Unglück."

Tanea warf die Darmschnüre, die sie gerade zu entwirren versuchte, auf den Haufen zurück und ging hocherhobenen Kopfes davon. Sie spürte fast die Blicke der Frauen auf ihrem Rücken. Fort! Nur fort von hier! dachte sie. Jetzt sind die Männer nicht da. Ich nehme zwei von den Pferden, die sie zurückgelassen haben, und reite einfach davon. Sie werden mir nicht folgen, denn sie wollen mich hier nicht haben, keiner von ihnen.

Als sie zu den Pferden ging, folgte ihr Mognu. Ohne auf sie zu achten, rief Tanea nach ihrer Stute. Es waren nur wenige Pferde zurückgeblieben, die schönsten und kräftigsten hatten die Männer zu ihrem Jagdzug mitgenommen. Sie hatten vor, Mammuts zu jagen, die schon weiter in den Norden gezogen waren. Ihr Wanderweg war diesmal unbegreiflicherweise ein anderer gewesen, als die Männer erwartet hatten. Sie waren spät dran. Noch dazu aufgehalten durch Mognus unheilvolle Ahnungen.

Tanea kraulte ihrer Stute die Mähne und das strubbelige Fell. Sie war noch unentschlossen, wie sie unbemerkt fortkommen konnte. Auch konnte sie nicht ohne einen Essensvorrat und ohne einen gefüllten Wasserschlauch losreiten. Ihre Wurfschleuder brauchte sie auch, und nachts konnte sie sich nicht einfach hinlegen. Es wäre zu kalt, auch wenn die Sonne tagsüber oft unbarmherzig vom Himmel brannte.

Vor allem das Wasser machte Tanea große Sorgen. Sie hatte bemerkt, wie der Tümpel, der keinen Zufluß und keinen Abfluß hatte, von Tag zu Tag mehr zusammenschrumpfte. Er hatte sich aus dem Schmelzwasser gebildet, das im Frühjahr zurückgeblieben war. Jetzt war davon nur noch ein kümmerlicher Rest übrig. Die Frauen hatten davon gesprochen, daß sie nach der Jagd das Zeltlager abbrechen und weiter in den Süden ziehen würden, wo es einen Fluß gäbe, an dem der Rest des Sommers verbracht werden sollte. Saftiges Gras für die Pferde gäbe es dort, während hier alles Grün verdorrte.

Tanea ekelte sich vor dem Wasser, das im Tümpel übriggeblieben war. Sie wußte aber auch, daß es im Umkreis des Lagers keine andere Wasserstelle gab. Sollte sie etwa dieses stinkende Wasser in einen Schlauch füllen? Sicher würde sie davon krank werden. Sie vermied es, dieses Wasser zu trinken, über dem sich unzählige Mücken tummelten, die auch über die Menschen und die Pferde herfielen. Mognu hatte ihr eine Salbe gegeben, mit der sie ihre Haut einreiben konnte.

Das hielt die Plagegeister ab, und die brennenden Stellen, die sie aufgekratzt hatte, konnten heilen.

Tanea schaute zum Himmel. Ließen sich denn gar keine Regenwolken sehen? Sie sehnte sich danach, nackt im Regen zu stehen und das Wasser auf ihrem Körper zu spüren.

Ihren Durst löschte sie mit saftigen Pflanzen und mit Milch. Mognu hatte ihr eingeschärft, von dem Wasser nur zu trinken, wenn es durch die Kochsteine ausreichend erhitzt worden war.

Seufzend legte Tanea ihren Kopf an den Hals der Stute. Mognu hatte einer anderen Stute Milch abgezapft. Nun stellte sie das Gefäß ins dürre Gras und kam zu Tanea. „Die Stute ist trächtig", sagte sie. Tanea blieb einsilbig, obwohl sie sich über diese Mitteilung freute. Sie war dabeigewesen, als eine der anderen Stuten gefohlt hatte. Eine Geburt ängstigte sie nicht mehr.

Eine andere Frage beschäftigte sie viel mehr. Sie wollte, ehe sie den Clan verließ, Mognu das Feuermachen lehren. Ihr allein würde sie es zeigen, nicht Narg oder einer der anderen Frauen, die sie so offensichtlich ablehnten.

„Warum hast du mir in der Nacht, als ich eine Frau wurde, nicht das Geheimnis entlockt, wie man Feuer macht?" fragte sie nun ohne Umschweife.

Mognu setzte sich im Schneidersitz neben ihre Milchschale. Sie deutete auf den Platz neben sich. Tanea ging nur in die Hocke.

„Warum?" fragte sie noch einmal.

Wie so oft in den letzten Tagen schaute Mognu in den Himmel. Sie hielt ihre magere Hand wie einen Schutzschild über die Augen. Dann schüttelte sie den Kopf.

Tanea wußte nicht, ob sich das auf ihre Frage bezog oder darauf, wie unverändert der Himmel blieb. Kein Windhauch zog über die Steppe.

„Du würdest mir heute zürnen", antwortete Mognu endlich. „Wenn du es willst, wirst du mir sagen, wie es gemacht wird."

Sie schaute Tanea forschend an, und Tanea senkte den Kopf. Hatte Mognu sie durchschaut? Konnte sie wissen, was in ihren Gedanken war? Wußte sie von ihren Fluchtplänen?

Als ob die alte Frau Taneas Gedanken mitgedacht hätte, setzte sie das Gespräch fort. „Du könntest dieses Wissen einmal dazu benutzen, um die Männer zu zwingen, dich gehen zu lassen. Deshalb bewahrst du es in dir. Es ist kein Zauber."

Tanea sprang auf. „Die Frauen wollen mich nicht, Mognu. Haß springt aus ihren Augen, wenn sie mich ansehen. Und du selbst bezweifelst, ob mich ein Mann des Clans je an sein Feuer nimmt. Weshalb haltet ihr mich dann hier fest? Ich bin krank bei dem Gedanken an Ezuk, Kirka und Jonk. Gib mir die Stute, die ein Fohlen in ihrem Leib trägt, Mognu. Zeig mir den Weg zurück. Und ich gebe dir dafür das Wissen, wie man immer Feuer machen kann."

Mognu zeigte keinerlei Regung auf diese lange Rede. Sie ließ sich von Tanea aufhelfen. Tanea bückte sich auch nach der knöchernen Milchschale. Mognu betrachtete noch einmal den Himmel, dann nahm sie die Milch und ging davon, ohne noch ein Wort zu sagen.

Jetzt habe ich mich verraten, dachte Tanea verstört. Ich wollte das doch alles gar nicht sagen. Warum kann ich nur meine Zunge nicht hüten. Sie war wütend auf sich und auch auf Narg, die ihr nachredete, sie brächte Unglück. Was sollte das für ein Unglück sein? Konnte sie etwas dafür, wenn eine der Frauen ein totes Kind zur Welt gebracht hatte? War sie schuld daran, daß die Mammuts in diesem Jahr einen anderen Weg nach Norden eingeschlagen hatten?

Tanea dachte sich noch weitere Möglichkeiten aus,

die man ihr anlasten konnte. Ohne es zu merken, hatte sie sich dabei von den Hütten entfernt. Sie hatte nichts dabei, worin sie Kräuter sammeln konnte, die jetzt schon viel seltener zu finden waren als am Anfang des Frühjahrs. So zog sie einfach ihren weichgegerbten ärmellosen Lederkittel aus und sammelte ihre Funde in den so gewonnenen Beutel.

Mognu! Immer wieder Mognu! Tanea ärgerte sich, weil Mognu fast schon den Platz Ezuks in ihren Gedanken einnahm. Sicher kam das daher, weil Mognu fast immer bei ihr war und sie alles lehrte, was sie über Heilpflanzen und Gifte wissen mußte. Mognu war es, die ihr erklärte, warum die Pferdeleute so oft ihren Lagerplatz wechselten, und die ihr von den Geistern erzählte, an die die Leute des Clans glaubten.

Mognu fragte Tanea aber auch über ihr bisheriges Leben mit Ezuk aus, das sich im letzten Sommer so grundlegend geändert hatte, als Ezuk von der Bärin so schwer verletzt worden war. Auch über das, was Kirka und Jonk über die Menschen am Fluß berichtet hatten, konnte Mognu nicht genug hören. Meistens redeten sie abends noch, wenn es dunkel war und sie sich schon hingelegt hatten.

Jetzt durchfuhr Tanea ein großer Schrecken: Hatte Mognu sie etwa nur über alles ausgefragt, damit die Pferdeleute genau wußten, wo sie das nächste Mal Frauen rauben konnten?

Tanea warf ihr Kräuterbündel entsetzt hin und setzte sich daneben. Wenn es Kirka träfe! Der kleine Ezuk hätte dann keine Mutter mehr.

Unwillkürlich richtete Tanea ihren Blick zum Himmel. Der hatte sich zunehmend verändert. Die tiefblaue Farbe war verschwunden. Fahlgelb war der Himmel geworden. Kam doch noch Regen? Tanea wurde immer beklommener zumute. Sie bemerkte jetzt auch, daß alles Leben in der Steppe erstorben schien.

Kein Käfer brummte, kein Erdhörnchen pfiff, nicht einmal ein Windhauch war zu spüren.

Eine unerträgliche Hitze trieb ihr den Schweiß aus den Poren und legte sich beklemmend auf ihre Brust. Sie wollte ihr Bündel mit den Kräutern nehmen und zu den Hütten zurücklaufen, da sah sie die riesige Staubsäule am östlichen Horizont, die immer größer wurde und mit rasender Geschwindigkeit auf sie zukam.

Ohne nachzudenken, warf sich Tanea auf den Boden und klammerte sich an den dürren Grasballen fest. Der Wirbelsturm war stärker als sie. Sie wurde davongeschleudert und durch die Luft getragen. Sie verlor die Besinnung. Ihr letzter Gedanke galt der Höhle im Tal, in der sie in ihrer entsetzlichen Angst hätte Zuflucht finden können.

Tanea kam wieder zu sich, als Regen und Hagel auf sie niederprasselten. Sie hatte sich zusammengekrümmt, war aber nicht in der Lage, ihre Arme und Beine auszustrecken. Jede Bewegung bereitete ihr starke Schmerzen. Am meisten schmerzte der Kopf. Sie konnte ihn nicht einmal zur Seite drehen, um den Hagelkörnern auszuweichen, die ihr ins Gesicht schlugen. Hatte der Sturm nachgelassen? Kam er zurück, um sie erneut in die Luft zu schleudern und irgendwo wieder fallen zu lassen?

Nach und nach ordneten sich ihre Gedanken wieder. Aber die Schmerzen in ihrem Kopf und in den Gliedern ließen nicht nach. Das Unwetter tobte weiter.

Ich werde sterben, war ihr nächster Gedanke. Ezuk wird nicht wissen, was mit mir geschehen ist. Mognu wird es auch nicht erfahren. Wer weiß, wie weit mich dieser Wirbelsturm weggetragen hat. Entsetzt dachte sie an dieses furchtbare Gefühl, inmitten der Staubsäule davongeschleudert zu werden.

Endlich ließ der Hagelschauer nach. Nur noch Regen fiel auf ihr Gesicht und auf ihren nackten Oberkörper. Tanea versuchte, sich aufzurichten. Vor Schmerz sank sie aber wieder zurück. Wieder verlor sie das Bewußtsein. Irgendwann in der Nacht erlangte sie es für kurze Zeit wieder. Der Regen hatte aufgehört. Aber sie fror und konnte sich nicht bewegen. Ihr war, als ob ihr ganzer Körper zitterte. Sie wollte laut schreien, aber sie brachte keinen Laut heraus.

Angst kroch ihr ans Herz, als sie Hyänen hörte, die nach Beute suchten. Ich kann mich nicht wehren, war ihr letzter Gedanke, bevor sie wieder ohnmächtig wurde.

Die Sonne stand schon hoch am Himmel, als Tanea spürte, wie jemand sie vom Boden aufnahm. Sie versuchte, die Augen zu öffnen.

„Tanea!"

Die Stimme kannte sie. Ezuks Stimme war es nicht. Ezuk konnte sie auch nicht aufheben und auf ein Pferd setzen. Jonk?

Wieder versuchte sie, die Augen zu öffnen. Es brannte. Sand und Erde hatten ihr die Augenlider verklebt. Ihr Kopf schmerzte, die Glieder taten ihr weh.

„Tanea!"

Jetzt erkannte sie die Stimme. Nor sprach so. Sie spürte, wie er vorsichtig hinter ihr aufs Pferd stieg.

Wohin brachte er sie? Ich will zu Ezuk, wollte sie sagen, brachte aber nur ein Gurgeln heraus.

Tagelang hatte Tanea hohes Fieber. Sie sprach in ihren Fieberträumen nur von Ezuk, Jonk, Kirka und dem Kind. Die alte Schamanin Mognu wachte bei ihr. Ihr Zelt war als erstes wieder aufgebaut worden, nachdem der Wirbelsturm vorbei war. Es hatte schreckliche Verwüstungen gegeben, und sie hatten von weit her das Nötigste wieder zusammensuchen müssen. Zwei der Frauen waren schwer verletzt worden, eine hatten sie mit gebrochenem Genick tot aufgefunden. Eine der schweren Zeltstangen war auf sie gefallen.

Auch Mognu hatte Verletzungen davongetragen, wenn sie auch nicht so schwer waren. Aber sie klagte nicht, sondern kümmerte sich um die anderen.

Die Männer waren zurückgekehrt. Sie hatten von weitem den Wirbelsturm beobachtet und waren umgekehrt, aus Sorge um die Zurückgebliebenen. Was sie sahen, war schlimmer, als sie befürchtet hatten. „Du hattest recht, Mognu. Deine Zeichen hätten uns warnen sollen."

Die alte Frau schaute mit leeren Augen auf Wor. Sie wußte, daß er das Schrecklichste noch nicht wußte. Der Wirbelsturm hatte das Feuer davongetragen, und die Regengüsse hatten auch den letzten Funken gelöscht. Sie hatten kein Feuer mehr.

Mognu suchte nach dem Sturm vergeblich unter den Männern, Frauen und Kindern nach Tanea. Tanea war die einzige, die ihnen das Feuer wiedergeben konnte.

„Wir müssen nach ihr suchen!" hatte sie befohlen. Ihre Stimme duldete keinen Widerspruch. Sie war die Clanälteste, und in Notzeiten galt ihr Wort mehr als das des Anführers. Ihr hatten die Geister kundgetan, was geschehen sollte.

„Sie hat das Unglück zu uns gebracht!" schrie Narg, und andere stimmten ein. Auch Kocar war unter ihnen.

Mognu hatte hoch aufgerichtet dagestanden und gefordert: „Dann bringe mir einer Feuer, damit ich die Zeichen der heiligen Knochen deuten kann."

Erst da hatten alle erkannt, daß sie kein Feuer mehr hatten.

Diese Gedanken gingen Mognu durch den Kopf, als sie Taneas Fieberträumen zuhörte. Die sagten ihr mehr, als das Mädchen jemals zugegeben hätte.

Mognu hörte auch die erregten Gespräche der anderen. Nor und zwei andere Männer hatten sich auf die

139

Suche nach Tanea gemacht. Nor hatte sie gefunden. Bewußtlos und zerschlagen. Der Sturm hatte sie weit fortgetragen.

„Wozu brauchen wir sie! Sie ist nicht so wie wir! Nie wird sie eine Frau des Pferdeclans!"

„Jagt sie davon, ehe weiteres Unglück über uns kommt!"

„Sie kennt das Geheimnis des Feuermachens."

„Das verrät sie uns nie. Es sei denn, Wor prügelt es aus ihr heraus."

Mognu wußte, wie schnell sich die Menschen des Clans gegen jemanden wenden konnten, den sie verabscheuten. Das fremde Mädchen hatte von Anfang an Unruhe gebracht. Deshalb habe ich Tanea in mein Zelt genommen, dachte Mognu. Ich wußte, wie verletzlich sie war. Ein Kind, das nie mit Menschen in Berührung gekommen war, die ihr nicht wohlgesinnt waren. Und ich wußte auch, wie gekränkt Kocar war, als Wor ihn und die beiden anderen unfähig schalt, richtige Frauen zum Clan zu bringen. Frauen, die Kinder gebären. Nicht Mädchen, die vorgeben, Geheimnisse zu kennen. Bewiesen hatte Tanea bisher nicht, ob sie wirklich das Geheimnis kannte, wie man Feuer macht. Das konnten sich die drei auch ausgedacht haben, um zu beschönigen, wie erfolglos sie gewesen waren.

Aber sie, Mognu, glaubte daran. Sie hatte Nor beiseite genommen. Er hatte ihr bestätigt, daß Tanea unterwegs Feuer zustande gebracht hatte. Er konnte ihr aber nicht zeigen, wie sie es gemacht hatte.

„Ich kenne die Rituale nicht", mußte er gestehen. „Sie hat trockenes Holz dazu genommen und einen geheimnisvollen Stab."

Mognu saß abends bei den Beratungen der Männer. Sie waren nicht in das große Zelt gegangen, das ohnehin durch den Wirbelsturm zerstört worden war. Die Stangen waren nur zum Teil wiedergefunden worden.

Auch die rotgefärbten Planen fanden sie nicht mehr alle. Nur der volle Mond beleuchtete die Gruppe derjenigen, die ein Wort mitzureden hatten, wenn es galt, eine Entscheidung zu treffen.

„Wer soll das Feuer holen?"

Keiner wollte freiwillig diese schwere Aufgabe übernehmen. Lange Abwesenheit war erforderlich. Zudem wollte der Clan weiterziehen, an die alte Lagerstätte am Fluß. Schließlich wurden Kocar und Gren bestimmt. Mürrisch nahmen sie diesen Befehl Wors entgegen. Das Mädchen hatte ihnen wirklich nur Unglück gebracht.

Als Mognu sich in ihr Zelt zurückzog, spürte sie, wie Tanea sich regte. Sie stöhnte leise. Mognu wußte, wie schwer die Prellungen waren, die Tanea davongetragen hatte. Gebrochen hatte sie aber weder die Beine noch die Arme. Mehr Sorgen hatte sie sich darum gemacht, warum das Mädchen so lange bewußtlos blieb und fieberte.

Vorsichtig näherte sie sich dem Fellager, auf das sie Tanea gebettet hatte. Sie selbst hatte nur wenige Felle behalten, auf die sie sich legen konnte. Ihre Hand suchte Taneas Stirn.

„Bist du es, Mognu?"

„Ja. Ich bin es." Die alte Frau fühlte, daß Tanea kein Fieber mehr hatte. Auch ihre Stimme war wieder klar. „Hast du Schmerzen?"

Tanea versuchte, sich aufzusetzen, ließ sich aber gleich wieder zurücksinken. „Ja", sagte sie. „Bin ich jetzt tot?"

Mognu lachte leise. „Könntest du dann Schmerzen haben?"

„Mein Kopf tut weh", sagte Tanea. „Alles tut weh. Und es ist so finster. Hole bitte ein Licht, Mognu. Ich will dein Gesicht sehen. War der schreckliche Sturm auch hier?"

„Ja. Er hat die Feuer gelöscht. Ich kann dir kein Licht bringen."

Tanea schwieg eine Weile. Dann sagte sie: „Nimm ein Stück Holz, Mognu. Und dazu einen Stock, den du als Bohrer benutzen kannst. Es muß sehr trockenes Holz sein, und das Moos, das du dazulegst, muß auch sehr trocken sein ..."

„Nicht so schnell, Tanea, nicht so schnell." In der Dunkelheit ließ sich nicht so rasch alles finden, was geeignet war, ein Feuer zu entzünden. Schließlich hatte sie alles beisammen und versuchte nun, nach Taneas Anweisungen ein Feuer zu entfachen. Als es Mognu nicht gelang, kroch Tanea trotz ihrer Schmerzen vom Fellbett. Sie stöhnte leise, als sie auf dem Boden saß und den Holzstab immer schneller drehte. Der Schweiß trat ihr aus allen Poren. Es schien ihr, als würde der erste dünne Rauchfaden nie in ihre Nase steigen. Dann endlich! Sie sah im Dunkeln die winzige Glut. Vorsichtig legte sie den trockenen Faserflaum dazu und blies hinein, bis eine kleine Flamme züngelte, die sie dann rasch vergrößerte, indem sie trockenes Holz hinzulegte, erst kleinste Splitter, dann immer größere Stückchen.

Das erste, was sie erkennen konnte, war Mognus Gesicht. Die alte Frau hatte schnell den Docht der Fettlampe an dem kleinen Feuer entzündet, damit das Feuer nicht wieder verlorenging. Viel zu wenig Holz hatte sie in der Eile finden können. Sie hatte einfach die Splitter einer Zeltstange zusammengerafft.

Jetzt schaute sie andächtig in die kleine Flamme und hielt ihre schützende Hand darüber. „Du hast uns das Feuer wiedergebracht!" sagte sie.

Doch Tanea konnte sie schon nicht mehr hören. Sie war vor Erschöpfung wieder zusammengesunken.

Die alte Schamanin suchte Brennmaterial und schichtete es zu einem Haufen inmitten der notdürftig geflickten Zelte. Knochen nahm sie dazu und trockene Grasballen, zerbrochene Zeltstangen und vor allem den trockenen Pferdedung, der auch sonst ihre Feuer nährte. Es sollte ein großes Feuer werden, das sie mit dem Sonnenaufgang entfachen wollte. Vorsichtshalber hatte sie noch zwei Fettlämpchen an dem ersten angezündet. Das kostbare Feuer durfte nicht durch ihre Unachtsamkeit wieder verlöschen.

Außer ihr schliefen alle. Und so konnte sie in der Einsamkeit des heraufdämmernden Morgens ihr Gebet zur *Großen Mutter Erde* und deren Schwester, die im Mond wohnte, schicken. Sie brauchte keine Worte für ihre Dankbarkeit. Mit all ihren Sinnen verband sie sich der *Großen Erdmutter,* und ein Glücksgefühl durchströmte sie so stark, daß sie bebte. Ich weiß jetzt, wie man Feuer macht.

Es ist so einfach. Wir haben es nur nicht gewußt. Es sind deine Gaben, *Große Erdmutter,* die man dazu nimmt: Holz und die Kraft unserer Hände.

In ihren Gedanken drehte sie den Bohrer immer wieder in das trockene Holz: schneller, immer schneller, immer schneller ...

Als der erste helle Streifen am östlichen Himmel den erwachenden Tag ankündigte, hielt Mognu die kleine Flamme unter das Brennbare, das sie aufgeschichtet hatte. Sie lachte glücklich, als die Flammen züngelten und das Feuer immer größer wurde.

Aus den zerschlissenen Zelten kamen die Pferdeleute. Staunend und ehrfürchtig blickten sie erst auf das Feuer, dann auf ihre Schamanin. Wor suchte mit den Augen unter den Menschen, die sich versammelt hatten, nach Tanea. Als er sie nicht fand, fragte er Mognu: „Hat sie dir das Geheimnis des Feuermachens verraten?"

Über das runzelige Gesicht der alten Frau glitt ein Lächeln. „Ja. Und wir werden ab jetzt nie wieder ohne

Feuer sein. Ich werde das Geheimnis ..." Mognu hielt in ihrer Rede ein wenig inne, damit es auch alle begriffen, welch großes Geschenk Tanea dem Clan gemacht hatte. „Ich werde das Geheimnis an alle Frauen und Männer des Pferdeclans weitergeben. So will es Tanea. Und wir sollten sie nicht ohne Geschenke zu ihren Leuten zurückgehen lassen."

Mognu sprach eindringlich. Erst während sie zu den Clanmenschen sprach, war ihr dieser Gedanke gekommen, jetzt gleich etwas zu tun, damit Tanea sich nicht vor Sehnsucht nach Ezuk ein Leben lang verzehrte. Sie war nicht für das Leben bei den Pferdeleuten geschaffen. Sie würde immer die Fremde bleiben, die mißtrauisch von den anderen beobachtet wurde. Und sollte sich doch einmal unter den Männern des Clans einer finden, der sie mit in sein Zelt nahm, würden auch ihre Kinder Fremde sein. Schon allein, weil sie anders aussahen.

Nein, es war besser, das Mädchen ging zu ihren Leuten zurück. Zu den Worten der alten Schamanin nickten die Pferdeleute nur. Sie waren im Grunde genommen froh darüber, Tanea loszuwerden. Und wenn sie dafür alle in das Geheimnis eingeweiht würden, wie man Feuer macht, war es auch gerechtfertigt, wenn sie beschenkt wurde. Außerdem konnten sie sich die langwierige Suche nach einem anderen Clan sparen, der ihnen Feuer gab. Für dieses Mal und für alle Zeiten. Sie hatten ja sonst auch immer reichlich Geschenke gegen das Feuer eintauschen müssen.

„Wir werden so bald wie möglich zum Lager im Süden aufbrechen", bestimmte Wor. „Dort müssen wir unsere Fleischvorräte für den Winter jagen. Die Mammuts sind von ihrem Weg abgewichen und jetzt schon zu weit im Norden, ihnen können wir nicht mehr folgen."

„Die Wisente müssen wir jagen. Und die Rentiere."

144

Mognu beteiligte sich nicht mehr am Gespräch der Männer, die sich nun Sorgen um ausreichende Wintervorräte machten. Ja, es war Zeit, in den Süden aufzubrechen. Aber würden die verletzten Frauen und Tanea die lange, harte Wanderung überstehen?

Mognu entfernte sich von den Männern und verschwand in ihrem Zelt. Es war nur spärlich durch eine Fettlampe erleuchtet. Sie schaute auf Tanea, die ruhig schlief. Ganz entspannt schien sie zu sein, so als sei alle Unruhe von ihr gewichen.

Mognu hockte sich neben sie und betrachtete ihr Gesicht. Sie ist ganz anders als wir, dachte sie zum wiederholten Male. Ihr helles Haar hat die Sonne der Steppe jetzt fast weiß gebleicht. Aber ihre Haut ist gebräunt und an manchen Stellen verbrannt. Ihre Haut schält sich. Für ihr Alter ist sie groß, aber mager. Viel zu mager. Und sie ist trotz allem noch ein Kind.

Mütterliche Gefühle stiegen in der alten Frau auf, die ihre eigenen Kinder längst verloren hatte. Zwei Töchter waren gestorben, als sie wenig älter als Tanea waren. Und der einzige Sohn, den sie geboren hatte, war bei der Jagd umgekommen. Ein Wisent hatte ihn vom Pferd geworfen und zerstampft.

Dieses Mädchen hier war ihr auf merkwürdige Weise ans Herz gewachsen. Sie hätte Tanea gern bei sich behalten und sie in allem unterrichtet, was eine Schamanin an Zauber- und Heilkünsten wissen mußte. Aber niemand im Clan würde sie anerkennen! Sie würde eine Fremde bleiben, auch wenn sie sich mit den Jahren wohl einleben würde.

Aber in Tanea würde immer die Sehnsucht nach denen bleiben, die bisher mit ihr zusammengelebt hatten.

Als Tanea die Augen aufschlug, spürte sie die forschenden Blicke der alten Schamanin auf sich. Sie stützte sich auf ihre Ellenbogen und lauschte nach draußen. Dann lächelte sie. „Du hast ihnen das Feuer gegeben, Mognu?"

„Ja. Ich habe es ihnen gegeben. Alle werden lernen, wie es gemacht wird, damit wir nie wieder Not deshalb leiden."

Tanea nickte zustimmend. Sie überlegte, bevor sie wieder etwas sagte. „Es gibt noch eine andere Art, Feuer zu machen. Aber dazu braucht man Steine, die ich hier noch nicht gesehen habe. Ezuk hat solche Steine, die er aus weißen Knollen herausschält und dann auch Messer und Speerspitzen davon abschlägt. Man kann daraus auch Funken schlagen, aber es erfordert viel Kraft und Geschicklichkeit. Die habe ich nicht."

Mognu dachte lange nach. Dann nickte sie. „In drei ober vier Tagen werden wir diesen Lagerplatz verlassen und nach Süden wandern. Wirst du bis dahin reiten können? Sonst müßten wir dich auf eine der Rutschen setzen, die von den Pferden gezogen werden. Aber dann müßten wir dafür noch mehr hier zurücklassen."

„Rutschen von Pferden gezogen?" Taneas Gedanken arbeiteten fieberhaft. Das müßte Ezuk erfahren! Wie viele Möglichkeiten sie jetzt schon wußte, ihm zu helfen. Aber wie sollte er es erfahren, wenn sie nicht zu ihm kommen konnte?

Mognus Gedanken aber gingen andere Wege. „Du hast mir heute nacht das Geheimnis des Feuermachens verraten. Warum?"

„Ihr hattet kein Feuer mehr", sagte Tanea einfach. „Und ich weiß, wie man es macht."

Mognu hörte wohl den feinen Unterschied, den Tanea machte. *Ihr* hattet kein Feuer mehr. Sie fühlte sich den Pferdeleuten nicht zugehörig. „Wirst du reiten können?" fragte sie noch einmal, ohne die Möglichkeit zu erwähnen, Tanea könnte zu ihren Leuten zurückgehen.

Tanea erhob sich. Sie versuchte, jeden Schmerzenslaut zu unterdrücken. Aber Mognu bemerkte es doch. Wieder stieg ein Gefühl von Mütterlichkeit in ihr auf. Sie warf Tanea weiche lederne Beinlinge und ein Hemd zu. Dann stellte sie auch leicht gearbeitete Stiefel daneben, bei denen das Fell nach innen gedreht war. „Zieh das an", meinte sie. „Deine Kleidung war sehr verschmutzt."

Tanea ließ sich Zeit damit. Schließlich fragte sie Mognu: „Wie lange werden wir brauchen, bis wir im Südlager sind?"

Die alte Frau ahnte, warum Tanea das wissen wollte. „Es kommt darauf an, wie schnell wir vorankommen. Die Männer müssen unterwegs jagen, weil unsere Vorräte fast aufgebraucht sind. Auch müssen wir versuchen, Wasser zu finden, und schließlich müssen die Zeichen Gutes verheißen, bevor wir überhaupt aufbrechen können."

„Deine Knöchelchen, Mognu?"

„Ja, die auch." Die Schamanin verließ das Zelt.

Tanea merkte ihr an, wie wenig Lust sie hatte, sich mit dem Mädchen darüber zu unterhalten.

Bekleidet mit den weichgegerbten Ledersachen, die ihr Mognu gegeben hatte, fühlte sich Tanea fast wohl. Gebadet hätte sie gern, aber der Tümpel verbreitete immer noch einen üblen Geruch, obwohl er durch den starken Regen an Umfang wieder zugenommen hatte.

Tanea ging zu den Pferden, die ruhig grasten. Nichts war ihnen mehr anzumerken von den Schrecken des Wirbelsturms. Aber es schienen weniger geworden zu sein. Tanea hielt Ausschau nach ihrer Stute und entdeckte sie schnell. Erleichtert atmete sie auf.

Bei den Pferden traf sie Nor. „Der Sturm hat die Pferde auseinandergetrieben", berichtete er, als sie ihre Vermutung aussprach, die Herde sei kleiner geworden. „Wir werden uns aus den Wildherden welche dazuholen müssen. Aber es ist nicht gut, jetzt fremde Pferde mitzunehmen. Die müssen sich erst an die anderen gewöhnen und dazu abgerichtet werden, Lasten zu tragen. Das braucht viel Zeit und Geduld."

Tanea hatte schon Wildpferde von weitem gesehen. Aber nie wäre sie auf den Gedanken gekommen, diese Tiere zum Reiten oder zum Lastentragen abzurichten. Wildpferde waren scheu und ließen sich nicht einfangen.

„Wieso kann man auf diesen Pferden hier reiten und ihnen etwas auf den Rücken packen? Sie sehen nicht anders aus als die Wildpferde."

Nor lachte ein bißchen. Es klang Stolz darin mit. „Die meisten dieser Tiere sind bei uns geboren worden und von klein auf daran gewöhnt. Sie kennen es nicht anders, und sie lassen sich leicht zähmen. Mit den Wildpferden ist das anders. Die sind störrisch und schlagen mit ihren Hufen um sich. Da muß man ein guter Reiter sein." Nor brach seine Erklärungen ab und schaute sich um, ob jemand ihnen zuhören konnte. Dann fragte er leise: „Hast du heute nacht das Wolfsgeheul gehört?"

Taneas Aufmerksamkeit war sofort geweckt. „Nein. Ich habe fest geschlafen. Ist ein Wolf in der Nähe der Zelte?"

Wieder sah sich Nor vorsichtig um. „Kein Wolf. Eine Wölfin mit Jungen. Sie ist verletzt und schleppt sich nur mühsam weiter."

„Eine Wölfin! Wo, Nor? Führe mich hin."

Jetzt bereute es Nor, dem Mädchen davon erzählt zu haben. Er hatte das Tier vorhin gesehen, als er von einem Erkundungsritt zurückgekommen war. Gar nicht weit vom Lager entfernt. Die Wölfin samt ihren beiden Jungen würde den Tag nicht überleben. Dann konnten sich die Hyänen ihre Bäuche vollschlagen.

„Führe mich hin!" forderte Tanea. „Ich muß zu ihr!"

Nor erinnerte sich an den Abend in der Steppe, als Tanea das Heulen der Wölfe durch ihre Rufe zum Schweigen gebracht hatte. Tanea erschien ihm wie damals: merkwürdig und geheimnisvoll.

„*Wolfsfrau*", murmelte er leise vor sich hin. Dann sagte er: „Nimm ein Pferd und komm mit. Es ist nicht weit."

Tanea lockte ihre Stute, schwang sich auf den Rükken des Tieres und folgte Nor. Es fiel ihr nicht leicht, die Schmerzen zu unterdrücken. Die Prellungen hatten überall blaue Flecken hinterlassen. Sie wußte, es würde nicht weit sein. Den Pferdeleuten fiel es aber niemals ein zu laufen, weder den Männern noch den Frauen. Mognu war die einzige, die oft zu Fuß unterwegs war.

Tanea sah die Tiere schon von weitem. Sie ist tot, dachte sie, und ihr lief ein kalter Schauer über den Rücken. Die Wölfin ist tot und ihre Jungen auch. Sie mußte die Lippen zusammenpressen, um ihre Tränen zu unterdrücken. Noch vor Nor kam sie an der Stelle an, zu der sich das Tier geschleppt hatte. Sie war sicher auch vom Wirbelsturm erfaßt und weggeschleudert worden. Aber wie kamen die beiden Jungen der Wölfin hierher?

Tanea bückte sich und untersuchte das tote Muttertier. „Als ich heute morgen hier vorbeikam, lebte sie noch", sagte Nor und sprang von seinem Pferd. Er hockte sich neben Tanea und beobachtete, wie sie mit behutsamen Bewegungen die beiden Welpen von den Zitzen der Wölfin löste. Das eine Junge war tot. Aber das zweite bewegte sich noch und gab schwache Fieplaute von sich.

Tanea nahm den Wolfswelpen hoch und sagte: „Schau, Nor. Er lebt. Sicher wollte sie ihre Kinder zu mir bringen ..."

Nor stand auf und sah Tanea merkwürdig befangen

an. Dann sagte er: „Das wollte sie bestimmt nicht. Das ist ein wildes Tier."

„Es ist eine Wölfin", antwortete Tanea. „Und sie hat mir ihr Kind anvertraut. Ich werde den kleinen Wolf mitnehmen. Hier würde er sterben."

Sie beugte sich zu der Wölfin hinunter und legte ihr das tote Junge an den Leib. Das andere drückte sie an sich und versuchte, auf ihr Pferd zu steigen. Nor half ihr, rührte aber den Welpen dabei nicht an.

„Er wird sterben wie der andere. Laß ihn hier."

Tanea schaute ihn böse an. „Du hast Angst, was deine Leute dazu sagen werden, wenn ich einen Wolf mitbringe. Sie werden mich noch weniger mögen als bisher. Es macht mir nichts aus. Keine Angst, ich werde nicht sagen, wer mich zur toten Wölfin geführt hat."

Nor schwieg dazu. Konnte sie Gedanken lesen? Warum hatte er ihr überhaupt davon erzählt! Dieses Mädchen, das in seinen Augen noch ein Kind war, wurde ihm immer unheimlicher. Ohne noch ein Wort miteinander zu wechseln, ritten sie zurück.

Tanea dachte nicht daran, was die Pferdeleute dazu sagen würden, wenn sie mit dem Wolfsjungen zurückkam. Sie schlug ihr ledernes Hemd um das kleine Tier und dachte an seine Mutter: Du hast ihn mir gebracht. Ich werde alles versuchen, damit er am Leben bleibt.

Als sie wieder bei der Pferdeherde ankamen, sprang Tanea von der Stute, die durch den Wolfsgeruch etwas unruhig geworden war. Tanea stellte sich vor Nor hin und sagte: „Das Totem meiner Mutter ist das des Wolfes. Ich werde das Wolfsjunge retten."

Dann drehte sie sich um und ging in das Zelt der Schamanin.

Es war gut, Mognu nicht im Zelt anzutreffen. Tanea legte den Wolfswelpen neben ihrem Fellager ab und deckte ihn zu. Sie wußte nicht, was sie nun mit ihm tun sollte. Bisher hatte sie nur nach ihrem Gefühl gehandelt, aber jetzt war anderes notwendig. Er mußte Nahrung bekommen. Aber was? Milch? Er soll nicht verhungern!

Ratlos setzte sie sich hin und nahm den kleinen Wolf auf ihren Schoß. Sie streichelte ihn und hörte erleichtert das leise Winseln. Du wirst dich an mich gewöhnen, dachte sie. Aber wo finde ich etwas, das du fressen kannst?

Sie erschrak, als Mognu ins Zelt trat. „Wo warst du?" fragte sie streng. „Du solltest Kräfte sammeln, weil es bald zum Südlager geht. Die Zeichen sind gut."

Tanea versuchte, den Welpen unter ihren Fellen zu verstecken. Aber Mognu hatte ihn bereits gesehen. „Seit wann schleppst du so etwas ins Lager?"

Tanea versuchte, sich zu rechtfertigen. Nein, Mognu durfte ihr das kleine Tier nicht wegnehmen. „Er darf nicht sterben", sagte sie beschwörend.

Die Schamanin sagte hart: „Er wird sterben, Tanea. Elend verhungern wird er. Oder die Clanleute erschlagen ihn. Er ist ein Wolf."

„Er ist ein kleines, hilfloses Tier, Mognu. Hilf ihm."

„Warum sollte ich das tun? Es ist nicht gut für dich."

Tanea streckte der alten Frau den Welpen entgegen. „Wenn du es über dich bringst, dann töte ihn. Aber dann töte auch mich."

Kopfschüttelnd ging Mognu nach draußen. Als sie wenig später zurückkam, hatte sie eine kleine Schale mit Stutenmilch in der Hand. Sie tauchte einen kleinen, weichen Lederlappen hinein und drückte ihn Tanea in die Hand.

„Versuche es damit", sagte sie ungehalten. „Du wirst sehen, es ist sinnlos."

Tanea drückte dem kleinen Tier den vollgesogenen Lederlappen an die Schnauze. Der Welpe wehrte sich, aber Tanea ließ nicht locker. Sie riß ihm gewaltsam die

Schnauze auf und drückte ihm die Milch hinein, bis er endlich schluckte. Beim nächsten Mal ging es schon etwas besser. „Er trinkt! Er trinkt!" jubelte sie.

Mognu würdigte Taneas Tun keines weiteren Blickes und ging wieder hinaus. Sie hatte anderes zu bedenken, als sich um einen kleinen Wolf zu kümmern, der kaum die nächsten Tage überleben würde.

Es war beschlossen worden, am übernächsten Tag zu der Wanderung nach dem Süden aufzubrechen.

Mognu nahm zwei Frauen und zwei Männer zu einer Stelle mit, die etwas abseits lag. Dort hatte sie alles vorbereitet, was sie benötigte, um Feuer zu machen. Die Mühsal des Bohrens ersparte sie sich. Dazu waren kräftigere, jüngere Hände besser geeignet.

„Dankt der *Großen Erdmutter* für diese Gaben", sagte sie. „Sie hat uns das Kind geschickt, das uns lehrte, wie man Feuer macht. Tanea wird wieder von uns gehen. Aber wir werden uns immer an sie erinnern."

Die vier Menschen bohrten die Holzstäbe in das trockene Holz. Der Schweiß lief ihnen über die Gesichter. Aber endlich konnte die erste Frau feinen Rauch riechen. Sorgsam tat sie, was Mognu ihr sagte: Sie legte trockenes Moos und Flechten dazu, blies vorsichtig in die schwache Glut. Schließlich brannte ein kleines Feuer. Die anderen hatten darüber völlig vergessen, ihren Holzstab weiterzudrehen.

Mognu lachte nur darüber. Sie freute sich mit den anderen.

„Und denkt daran", mahnte sie, „das ist nicht ein Geheimnis weniger Menschen unseres Clans. Von euch werden es die anderen lernen, und von diesen wieder andere. Das Feuer gehört uns allen."

Nech, die als erste Frau des Clans ein Feuer zustande gebracht hatte, war sehr stolz darauf. Sie ging aufrecht und mit glücklichem Gesicht zu ihrem Zelt, um alles für die Wanderung in das Südlager vorzubereiten.

Vor dem Zelt der Schamanin stand Tanea. In ihren Armen hielt sie das Wolfsjunge. Nech ging näher heran, weil sie Tanea erzählen wollte, daß sie als erste Feuer gemacht hatte. Als sie das kleine Tier bei Tanea sah, wollte sie zurückweichen.

Tanea rief ihr zu: „Komm her, schau ihn dir an! Seine Mutter ist tot. Ich werde ihn aufziehen."

Zögernd trat Nech zu Tanea. „Was du dir alles ausdenkst", sagte sie, halb tadelnd und halb bewundernd. Sie schaute den Welpen an und sagte: „Später wird er unsere Pferde angreifen. Hast du daran auch gedacht?"

Tanea erschrak. Daran hatte sie nicht gedacht. Aber dann verteidigte sie ihren kleinen Wolf. „Das wird er nicht. Weil ich es ihm verbieten werde. Er wird auf mich hören."

Ungläubig musterte Nech das Mädchen. Ihre schmalen, schwarzen Augen sagten deutlich, was sie nicht auszusprechen wagte: Du bist anders, und wir haben Angst vor dem, was dir noch alles einfällt.

Tanea sprach weiter. „Er wird mit Stutenmilch genährt. Denkst du, er würde jemals ein Pferd angreifen?"

Erschrocken lief Nech davon. Bald sammelten sich andere Frauen um sie, denen sie nicht nur stolz von ihrem ersten Feuer erzählte, sondern ihnen auch von der neuesten Absonderlichkeit Taneas berichtete, nämlich ein Wolfsjunges aufzuziehen, das sie mit Stutenmilch ernährte.

Mognu schob Tanea ins Zelt. „Mußtest du sie so erschrecken?" tadelte sie. „Es wäre später noch Zeit dazu gewesen ..."

„Nein!" widersprach Tanea. „Ich will mich nicht vor ihnen verstecken. Daraus wächst Angst."

Mognu ging nicht darauf ein. Doch insgeheim gab sie Tanea recht. Jetzt war aber nicht der Augenblick, darüber zu sprechen. Es gab viel Wichtigeres.

„Wir ziehen nach Süden, das weißt du. Du könntest

auf den Gedanken kommen, unterwegs zu fliehen. Nein, nein! Sage jetzt nichts. Ich kenne deine Gedanken, und ich kenne deine Gründe. Aber es wäre nicht gut."

Tanea schaute der alten Frau in die Augen. „Ich weiß nicht, woher du meine Gedanken kennst. Du bist alt, und du bist klug, Mognu. Ich will dir auch nichts vormachen und dich nicht belügen. Ja, ich werde fliehen. Bei der ersten Möglichkeit, die sich mir bietet."

Die alte Schamanin nickte. „Ich weiß es. Aber es wäre nicht gut. Es ist kein Zauber dabei, wenn ich deine Gedanken kenne. Du hast sie mir in deinen Fieberträumen verraten, und vieles habe ich auch so von dir erfahren."

„Dann weißt du auch, warum ich von den Pferdeleuten weggehen muß", sagte Tanea. „Und du wirst mich nicht halten können, Mognu. Ich achte dich, und ich liebe dich. Manchmal denke ich, wie traurig ich sein werde, wenn ich dich verlassen muß. Ich werde so oft an dich denken, wie ich jetzt an Ezuk, an Kirka und an Jonk denke. Und an das Kind, das mit meiner Hilfe geboren wurde."

Beide hingen für einen Moment ihren Gedanken nach. Dann sagte Mognu: „Ich weiß, du wirst nicht immer bei uns bleiben. Aber du sollst nicht zu einer Zeit gehen, die nicht gut ist. Die Glut der Sonne in der Sommersteppe würde dich töten. Vom Südlager aus führt ein Weg an einem Fluß entlang. Den wird Nor dir zeigen und dich so weit begleiten, wie es nötig ist. Dich, die Stute, den Hengst und das Wolfsjunge, wenn du es zuwege bringst, es überleben zu lassen. Ihr braucht Wasser ..."

Tanea konnte nicht fassen, was Mognu ihr sagte. „Ich soll gehen dürfen? Ihr werdet mich nicht zurückhalten? Und ich darf Ezuk Beine mitbringen? Oh, Mognu!"

Die Schamanin drehte sich um, damit Tanea nicht sehen sollte, wie bewegt sie war. „Du hast uns das Feuer gebracht. Die Pferdeleute sind dankbar dafür."

Tanea weinte vor Freude. Sie faßte nach dem Bernstein, der an ihrem Hals hing, und dachte: Es ist gut, so wie es gekommen ist. Ich mußte fortgehen, um Ezuk helfen zu können. Nun darf ich zurückkehren. Ich werde mit viel Neuem bei Ezuk ankommen. Er wird staunen, wenn ich ihm zeige, wie man reitet.

Sie waren schon tagelang unterwegs. Jetzt wußte Tanea, warum Mognu sie vor einer Flucht durch die Steppe gewarnt hatte. Die Sonne brannte vom Himmel und hatte alles verdorrt. Die Pferde fanden nur trockenes Gras.

Manchmal machten sie große Umwege, um ein Wasserloch zu finden, das aber meistens nur stinkendes Wasser enthielt, das für Menschen ungenießbar war. Oft waren auch diese Tümpel längst eingetrocknet. Die Menschen mußten sich mit der Stutenmilch begnügen, aber selbst die war nicht ausreichend. Der Weg nach Süden war qualvoll.

„Wir sind zu spät dran", sagte Mognu und hielt die anderen an, sich zu beeilen, damit sie nicht unterwegs verhungerten und verdursteten. Eine der Frauen fiel ohnmächtig von ihrem Pferd. Sie mußte auf einer Pferderutsche weitergezogen werden.

Abends gruben sie tiefe Löcher in die Erde, in der Hoffnung, daß sich darin ein wenig Wasser ansammeln werde. Feuer machten sie kaum noch. Sie hatten nichts, was das Feuer nähren konnte. Die Männer wachten abwechselnd, um die Tiere zu verscheuchen, die sich dem Nachtlager näherten. Manchmal gelang es ihnen auch, etwas zu erlegen. Aber das war selten.

Tanea hing auf ihrer Stute. Sie hatte keine Kraft mehr, gerade zu sitzen. Die anderen machten es ebenso wie sie. In Tanea war nur ein Gedanke: Wann hört diese Steppe endlich auf!

Sie hatte aus einem Stück Leder ein Tuch zusammengeknüpft, das sie sich um den Hals gehängt hatte. Darin saß der kleine Wolf. Von der wenigen Milch, die Tanea bekam, sparte sie noch welche für das Tier.

Der Welpe hatte rasch gelernt, die Stutenmilch aus dem Lederlappen zu saugen. Anderes gab es nicht für ihn. Nachts drängte er sich an Tanea und jaulte leise. Dann streichelte sie ihn sanft und ließ ihn an ihrem Finger saugen. Manchmal sprang er auf und machte ein paar tapsige Schritte, aber zu mehr reichte seine Kraft nicht. Tanea fing ihn auch schnell wieder ein. Er sollte die anderen nicht belästigen. Sie sollten sich einfach nur an ihn gewöhnen.

Mognu streckte sich meistens neben Tanea aus. Wie alle anderen wickelte sie sich in eine Felldecke. Tanea merkte, wie oft die alte Frau wach dalag und in den Himmel schaute.

„Werden wir noch lange unterwegs sein?" fragte sie leise, um die anderen nicht zu stören. Sie rückte näher an Mognu heran. Die hatte sich längst an den Wolfswelpen gewöhnt, der auch manchmal zu ihr unter die Felldecke schlüpfte.

Mognu antwortete nicht gleich. Dann sagte sie nachdenklich: „Wir müßten die Steppe längst hinter uns haben. Die Umwege wegen des Wassers haben uns aufgehalten. Wor wird morgen zwei Männer vorausschicken. Lange halten wir nicht mehr durch."

Tanea teilte die Sorgen Mognus. Ihre Kehle war wie ausgedorrt, und sie spürte die glühende Sonne immer unerträglicher. Obwohl sie sich durch Lederkleidung schützte wie die anderen. Aber ihre Haut war heller, sie bekam immer wieder Blasen an den ungeschützten Stellen. Ihre Lippen waren aufgesprungen und verkrustet. Aber sie klagte nicht.

„Du hattest recht, mich vor einer Flucht durch die Steppe zu warnen", gestand sie. „Weit wäre ich nicht gekommen. Ich wäre verdurstet."

Sie hatten an diesem Tag wieder ein Pferd eingebüßt, das vor Erschöpfung zusammengebrochen war. Sofort waren ihm die Adern am Hals aufgeschnitten und das Blut aufgefangen worden. Alle tranken davon. Es war lebenswichtig.

Tanea achtete aber sorgsam darauf, daß der Wolfswelpe keinen Tropfen davon bekam. Sie hatte Angst, er könne dadurch an Pferdeblut gewöhnt werden. Lieber überließ sie ihm einen größeren Anteil von ihrer Milch. Aber sie merkte, wie unruhig er an ihr herumschnupperte.

„Warum tötet ihr keine Pferde, sondern wartet, bis sie von selbst sterben?" fragte sie Mognu. Doch im gleichen Augenblick wußte sie die Antwort selbst. „Weil das Pferd euer Totem ist?"

„Es ist uns heilig. Erst wenn es keine Rettung mehr für das Tier gibt, dann gehört es uns. So hat es die *Große Erdmutter* bestimmt."

Tanea dachte lange nach. Mognu war noch wach, und Tanea fragte sie: „Wo wohnt die *Große Erdmutter*? Hat sie viele Kinder?"

Sie hörte Mognu leise lachen. „Wir sind alle ihre Kinder. Sie wohnt überall: in der Erde und in der Sonne, im Wasser und im Feuer, in den Pflanzen und Bäumen, in den Tieren und in den Menschen. In dir und in mir."

Tanea war verwirrt. Sie konnte sich das nicht vorstellen. „Ist das ein Geheimnis, Mognu?"

„Ja. Es ist das größte Geheimnis, das es gibt."

Tanea schaute noch lange in den Himmel. Bald würden sie im Südlager sein. Das hieß aber auch Trennung von Mognu und den Pferdeleuten. Auf eine seltsame Weise fühlte sie sich ihnen nun doch verbunden.

Nor wird mich noch ein Stück begleiten, dachte sie. Er wird mir den Weg zeigen.

„Der Fluß wird dich zu Ezuk führen, Tanea. Bist du sicher, daß du die Stelle wiederfinden wirst, wo der Bach auf ihn trifft?"

Ich habe ja gesagt, dachte Tanea. Aber ich bin mir gar nicht sicher.

Die letzten Tage der langen Wanderung hatten die Menschen aufatmen lassen. Sie fanden immer mehr Pflanzen, die nicht verdorrt waren. Sie stießen jetzt auch auf schmale Rinnsale, die frisches Wasser führten. Tanea konnte nicht genug vom Wasser bekommen. Sie tauchte auch für den Welpen den Lederlappen ein und ließ ihn daran saugen. Er hatte den Durst ebenso zu spüren bekommen wie die Menschen.

Tanea erholte sich rasch. Sie ritt auch nicht mehr den ganzen Tag. Auf ihre Bitte hatte Nor einen Ast von einem Strauch gerissen, den sie sich als Grabstock zurechtstutzte und damit nach eßbaren Wurzeln grub. Immer häufiger waren auf ihrem Wanderweg nun Sträucher und niedrigere Bäume zu sehen.

Sie begriff nicht, warum die Pferdeleute nicht immer hier blieben, wo es keinen Mangel an Wasser und an eßbaren Pflanzen und Wurzeln gab.

Auch die Pferde wurden wieder lebhafter und benutzten jeden Aufenthalt, um ausgiebig zu grasen.

Und dann waren sie endlich da. Die Zelte wurden aufgeschlagen, die Bündel geöffnet, und Feuer wurden entzündet.

Tanea hatte sich gewundert, warum die Frauen das Feuer vom Lagerplatz in der Steppe in den hohlen Lehmkugeln, die feucht gehalten wurden, mit sich trugen. Die Glut darin wurde sorgsam bewacht und genährt.

„Ihr wißt doch nun, wie Feuer gemacht wird."

Mognu sagte belehrend: „Es ist wichtig, das Feuer

von einer Lagerstätte zur anderen mitzunehmen. Das war immer so."

Tanea wollte sich auf keinen Streit mit ihr einlassen. Was immer so gewesen war, mußte doch nicht immer so bleiben. Sie fand es überflüssig, ständig auf die Glut in den Lehmklumpen aufzupassen.

Aufpassen mußte aber auch sie, auf den kleinen Wolf. Der hatte jegliche Scheu verloren und lief tapsig von einem Zelt zum anderen. Die meisten Pferdeleute kümmerten sich nicht um ihn. Von manchen wurde er verscheucht, indem sie mit Steinen nach ihm warfen.

Tanea hatte es lieber, wenn das Tier um sie war. Stolz dachte sie: Er hat überlebt. Keiner hatte es geglaubt. Aber sie lieben ihn ebensowenig wie mich. Und sie dachte daran, daß die Zeit der Trennung nun gekommen war.

„Wann darf ich gehen?" fragte sie Mognu, als sie sich wieder im vertraut gewordenen Lederzelt zum Schlafen niedergelegt hatten. Sie bekam lange keine Antwort.

„Bald", sagte Mognu schließlich.

Am anderen Morgen ging sie mit Tanea zur Pferdeherde. Nor wartete schon. An einem Lederriemen hielt er einen falbfarbenen Hengst.

„Diesen da!" sagte er. „Ich habe ihn schon geritten. Er ist nicht so wild wie die anderen."

Mognu nickte. „Versuche ihn zu reiten, Tanea."

Tanea näherte sich dem Hengst von vorn, damit er nicht erschrak. Sie streckte die Hand aus und berührte seine Nüstern und die Mähne. Der Hengst wollte ausweichen, aber Nor hielt ihn am Riemen fest. „Steig auf!"

Tanea versuchte es, aber der Hengst warf sie sofort ab. Mognu und Nor lachten. Tanea rieb sich das schmerzende Hinterteil. Der Sturz war zu plötzlich gekommen. Das hatte ihre Stute nie mit ihr gemacht. Das Lachen der beiden stachelte ihren Ehrgeiz an. Sie wurde noch mehrmals abgeworfen, aber schließlich gelang es ihr, ihre Schenkel so fest an das Tier zu pressen und die Hände so in die Mähne zu krallen, daß sie trotz aller Bemühungen des Hengstes, seine Last loszuwerden, sitzen blieb.

Wenn er das mit Ezuk macht! schoß es ihr durch den Kopf. Er muß sich daran gewöhnen, einen Menschen zu tragen. Ich muß es ihm beibringen.

Mognu und Nor waren längst gegangen. Tanea beschäftigte sich immer noch mit dem Hengst. Jetzt sprang sie ab und stand ruhig neben dem Tier. Sie flüsterte ihm leise Worte ins Ohr, damit er sich an sie gewöhnte. Auch einen eigenen Ruf dachte sie sich für ihn aus. Dann lockte sie die Stute, die bereitwillig herbeikam.

„Wir werden bald unterwegs sein", erzählte sie den beiden, als ob sie ihre Worte verstehen könnten. „Ezuk wird euch willkommen heißen. Und im nächsten Frühjahr werdet ihr schon drei sein."

Sie strich der Stute zärtlich über den Leib. Dann verließ sie die beiden Pferde.

Eines bereitete ihr Sorgen: Wie wird sich der Hengst benehmen, wenn er den Wolf riecht? Er wird bocken und unruhig sein. Ich muß ihn daran gewöhnen. Aber wie?

Als ob Mognu ihre Gedanken erraten hätte, warf sie ihr das Ledertuch zu, in dem Tanea den Welpen die Wandertage über an ihrer Brust getragen hatte. „Nimm das mit, wenn du wieder zu dem Hengst gehst. Er muß den Geruch kennenlernen."

Tanea dachte: Für alles weiß Mognu einen Rat. Wie werde ich nur ohne sie leben können?

„Morgen ist ein guter Tag. Die Zeichen sagen es."

Tanea wußte, was die Schamanin damit meinte. Morgen, wenn die Sonne aufging, mußte sie sich auf den

Weg machen. Nor würde noch ein paar Tage mit ihr reiten, doch dann war sie ganz auf sich allein angewiesen. Die Ungewißheit, wie sich die Reise gestalten würde, überdeckte die Freude, Ezuk wiedersehen zu können. Auch vor der Trennung von Mognu fürchtete sie sich.

„Wie werden meine Gedanken dich finden, Mognu? Ich werde oft deinen Rat brauchen."

Die alte Frau sagte ernst: „Wenn du mich in deinen Gedanken rufst, werde ich auch in deinen Gedanken sein."

Tanea packte das wenige, das sie besaß, in ein Bündel. Ihre Wurfschleuder wollte sie wieder am Gürtel tragen wie früher. Sie suchte noch zwei kleine, runde Steine, die sich gut für die Schleuder eigneten. Tanea packte auch das Ledertuch dazu. Sie bezweifelte, ob der kleine Wolf freiwillig hinter den Pferden herlaufen würde. Der Hengst hatte sich zwar an ihn gewöhnt, aber sie war sich nicht sicher, ob er nicht mit den Hufen nach ihm schlagen würde, wenn der Welpe ihm zu sehr zwischen den Beinen herumlief.

Über ihren Vorbereitungen merkte Tanea nicht, daß Ungewöhnliches im Lager vor sich ging. Sie überprüfte immer wieder, ob sie alles gut verpackt hatte, und lief ein paarmal zu den Pferden, wo sie abwechselnd die Stute und den Hengst zu sich lockte. Sie hatte Angst, eines der Tiere oder gar alle beide könnten ihr unterwegs davonlaufen.

Als es bereits dämmerte, bemerkte sie das große Feuer, das inmitten der Zelte brannte. Sie wunderte sich, dachte aber, eine große Jagdbeute sollte daran zubereitet werden. Erst als Mognu sie zum Feuer führte, bemerkte sie, daß sich alle Mitglieder des Pferdeclans um das Feuer aufgestellt hatten.

Wor winkte sie zu sich. Tanea erschrak. Sie ging Wor lieber aus dem Weg. Sie konnte einfach nicht vergessen, wie sehr er sie durch seine Schläge gedemütigt hatte. Was wollte er nun von ihr? Verhindern, daß sie die Pferdeleute verließ?

Ihre Beine waren seltsam wackelig, als sie auf Wor zuging. Ich werde gehen, dachte sie. Dann werde ich eben mitten in der Nacht fliehen! Ihr Herz klopfte rasend schnell.

Wor hob die Hand, und alle schwiegen. Nur das Feuer knisterte und warf unruhige Schatten auf die Gesichter. Der Anführer des Pferdeclans zeigte auf das Feuer: „Das Mädchen hat uns das Feuer gegeben. Auf ihrem Weg zurück zu ihren Leuten sollen sie nun auch unsere Geschenke begleiten."

Tanea schloß erleichtert die Augen. Ich darf doch gehen, dachte sie. Die Frauen legten ihre Gaben vor Tanea: sorgfältig gearbeitete Beinlinge und Stiefel, eine Pelzjacke, ein weiches ledernes Überhemd, Schmuckstücke aus Muscheln, kunstvoll gearbeitete Schalen und Becher, Messer und Schabewerkzeuge aus Knochen. Es war, als wollten sie nachträglich alles gut-machen, was sie ihr an übler Nachrede und schlechten Gedanken angetan hatten.

Tanea konnte gar nicht alles auf einmal betrachten. Ihre Augen schwammen in Tränen. Sie kniete sich auf den Boden und betastete die Dinge, die nun ihr gehör-ten. Dann schaute sie zu Mognu, die neben ihr stand. „Warum bekomme ich das alles?"

Mognu zog sie hoch und sagte: „Es gehört sich, daß du ihnen dankst. Du wirst sie nie mehr wiedersehen."

Tanea legte die Hände über ihrer Brust zusammen, wie sie es bei den anderen gesehen hatte. Dann bedank-te sie sich, aber ihre Worte erstickten in Schluchzen. Beifällig wurde ihre Rührung aufgenommen. Mognu führte sie vom Feuer weg, zurück in ihr gemeinsames Zelt.

Tanea war wie benommen. Sie waren so freundlich,

dachte sie immer wieder. Und sie lassen mich zu Ezuk gehen. Ich werde so vieles zu erzählen haben.

Mognu brachte die Geschenke ins Zelt und half Tanea, alles gut zu verpacken. „Hast du auch alles, was du brauchst?" fragte sie immer wieder.

Sie schaute auf, als sie am Zelteingang einen Schatten wahrnahm, der sofort wieder verschwand. „Schau nach, was das war", sagte sie zu Tanea.

Tanea erhob sich und schaute nach draußen. Beinahe wäre sie auf etwas getreten. Sie bückte sich und fand einen Bogen und einen Köcher mit Pfeilen. Keinen so großen, wie ihn die Jäger benutzten. Tanea wußte, wer ihr dieses Geschenk gebracht hatte: Kocar. Er hat sein Versprechen, das er mir damals gegeben hat, doch noch gehalten, dachte Tanea.

Sie zeigte Mognu den knöchernen Bogen und die Pfeile. „Wer hat dir dieses Geschenk vor das Zelt gelegt? Es ist nicht der Bogen eines Mannes. Knaben benutzen solche."

Tanea wußte nicht, ob sie den Namen preisgeben sollte. „Er hatte ihn mir versprochen", sagte sie zögernd. „Damals, als ich zu euch gebracht wurde. Ich konnte seinen Bogen nicht spannen ..."

„Wer?" fragte Mognu noch einmal.

„Kocar." Sie deutete auf ihre Wurfschleuder. „Damit habe ich bisher gejagt. Ezuk kennt nur die Jagd mit dem Speer. Ich werde ihm den Bogen und die Pfeile zeigen, damit er auch für sich solche Waffen machen kann. Es wird für ihn leichter sein, als den Speer zu werfen ..." Unsicher geworden, sprach Tanea nicht weiter. War Mognu über dieses Geschenk verärgert?

Die alte Schamanin nahm den Bogen und spannte ihn, dann legte sie ihn zu den anderen Dingen, die Tanea auf ihren Weg mitnehmen sollte. „Du mußt Ezuk sagen, daß dies ein Bogen für Knaben ist. Er soll nicht denken, unsere Männer seien Schwächlinge, die untaugliche Waffen mit sich herumtragen. Nor soll dir beibringen, wie man damit umgeht. Manche Clanleute machen die Bogen auch aus starken, biegsamen Zweigen. Sage das Ezuk, wenn er keine geeigneten Knochen hat."

Tanea nickte. Sie war von alledem überwältigt und mußte ständig mit den Tränen kämpfen, obwohl sie sich doch so sehr freute.

„Und jetzt werde ich mit dir reden, Tanea. Mein Geschenk für dich ist unsichtbar. Es sind Worte, die du nicht vergessen darfst. Ich habe dir zugehört, wenn du von deinen Leuten gesprochen hast, und ich habe mir Gedanken darüber gemacht. Vieles habe ich von dir erfahren, so wie du vieles von mir gelernt hast. Ich gebe dir einen Rat auf den Weg: Geh zu den Leuten des Bärenclans. Sie werden dich aufnehmen und bald erkennen, welches Wissen du in dir trägst. Wenn sie eine Schamanin haben, so wie ich eine bin, dann bitte sie darum, dich weiter zu belehren, weil ich es nicht mehr tun kann ..."

„Und Ezuk? Ich kann ihn nicht allein lassen!"

Mognu lächelte mit den Augen, in denen sich der Schein der Fettlampe spiegelte. Sie erschien Tanea dadurch seltsam jung.

„Sie werden Ezuk wieder aufnehmen. Es ist nicht mehr wichtig, was vor vielen Jahren geschah, Tanea. Das Totem des Clans ist versöhnt. Du kannst ganz ruhig sein, Kind."

Tanea war eigenartig gerührt von Mognus Worten, die ihr wie ein gutes Zeichen schienen. „Kind" hatte Mognu sie genannt. Sie freute sich darüber.

Der Wolfswelpe rührte sich im Schlaf. Mognu sah zu ihm und seufzte ein wenig. „Das Totem deiner Mutter ist stark. Du wirst immer eine Jägerin sein, Tanea. Es wird schwer sein, einen Gefährten für dich zu finden."

Als Tanea dazu nichts sagte, ergriff die Schamanin

164

ihre Hand und hielt sie lange fest, wie um sich mit ihr im Inneren zu verbinden. „Und jetzt mein Geschenk: Du wirst einmal die Geheimnisse deines Clans bewahren."

Tanea hatte das Gefühl, ein Wärmestrom fließe aus den Händen der alten Frau in ihren Körper. Sie sah nur noch die Augen, die sie zwingend ansahen. Nur noch die Augen.

Dann spürte sie, wie sie sanft auf ihre Felle gebettet wurde und in Träume fiel, an die sie sich am anderen Morgen nicht mehr erinnern konnte.

„Der Fluß!" Nor wies mit ausgestrecktem Arm nach vorn. Sie waren schon so viele Tage unterwegs, wie Tanea Finger an einer Hand hatte. Sie hatte versucht, sich den Weg zum südlichen Lager der Pferdeleute zu merken. Als sie dem ausgestreckten Arm von Nor mit ihren Blicken folgte, sah sie im leicht abfallenden Gelände das silberne Band des Flusses. Ein wenig enttäuscht war sie von seiner Breite. Der Große Fluß, an dem sie schon einmal entlanggelaufen war, konnte es nicht sein. Dieser hier war viel zu schmal.

Nor trieb seinen Hengst an. Die Tiere spürten die Nähe des Wassers und gaben willig dem Schenkeldruck nach. Tanea ritt abwechselnd den Hengst, der für Ezuk bestimmt war, und ihre Stute. Der falbfarbene Hengst sollte sich daran gewöhnen, einen Menschen zu tragen. Sie hatte unterwegs bemerkt, daß der Hengst bei weitem nicht so wild war wie der von Nor. Sie war froh darüber. Ezuk brauchte ein ruhiges Pferd.

Ihre Stute schonte Tanea, weil sie das trächtige Tier nicht überanstrengen wollte. Manchmal hätte sie ihr am liebsten das große Bündel auch noch abgenommen. Der junge Wolf ließ sich nicht mehr in Taneas Tuch tragen. Sie hatte ihm beigebracht, auf einen nur für ihn bestimmten Ruf herbeizukommen, und belohnte ihn dann immer mit Freßbarem. Von der Milch hatte sie ihn entwöhnt. Er soff jetzt statt dessen Wasser. Aus ihrer Hand fraß er willig auch Wurzeln, die sie ihm vorkaute, und seit einigen Tagen gab sie ihm auch zu Brei zerkleinertes rohes Fleisch. Das schien für ihn ein besonderer Leckerbissen zu sein. Selbst aus Nors Hand fraß er Fleisch.

„Bald wird er seine Nahrung selbst suchen", vermutete Nor.

Das letzte Stück bis zum Wasser gingen die Pferde vorsichtiger. Das Ufer war sumpfig, und ihre Hufe sanken tief ein. Nor trieb seinen Hengst ein wenig zurück, und die anderen Pferde folgten ihm.

„Hier werden wir lagern", sagte Nor. „Aber wir müssen eine trockenere Stelle suchen. Es ist zu spät, um heute noch weiterzureiten."

Tanea stimmte ihm zu. Sie hatte einen dicken Kloß im Hals. Sie wußte, es kam daher, weil nun auch die Trennung von Nor bevorstand. Morgen würde er ihr den Weg zeigen und dann zu seinen Leuten zurückkehren.

Als sie einen trockenen Lagerplatz gefunden hatten, machte Tanea ein letztes Mal für sich und Nor Feuer. Sie hatte jetzt wieder Übung darin, und es gelang ihr schneller, das Feuer zum Brennen zu bringen, zumal sie sich unterwegs immer gut mit trockenem Holz, Moos und Flechten versorgt hatte.

Nor war zum Fluß gegangen und an einer seichten Stelle hineingestiegen. Seine Kleidung hatte er abgelegt, weil er baden wollte. Tanea nahm sich vor, am nächsten Tag auch im Fluß zu baden. Sie wollte es nicht vor Nor tun, denn nie hatte sie von einer Frau des Pferdeclans gesehen, daß sie sich ohne Kleidung vor den Männern zeigte.

Als Nor zurückkam, warf er einen Fisch neben das Feuer. Tanea freute sich darüber. „Ich habe Pflanzen

166

gesehen, mit denen man den Fisch gut würzen kann", meinte sie und wollte sich gleich auf die Suche machen.

„Das hat Zeit", sagte Nor. „Ich will dir noch etwas beibringen, was du mit deinen Pfeilen tun kannst. Nimm deinen Bogen mit."

Tanea hatte ihre leichten, ledernen Stiefel und die Beinlinge ausgezogen. Es war an diesem Tag sehr warm gewesen. Jetzt lief sie barfuß und im kurzen Lederkittel hinter Nor zum Fluß. Den Bogen und die Pfeile hielt sie in der Hand. Unterwegs hatte sie oft geübt, damit zu jagen. Es fiel ihr zwar noch schwer, ihr Ziel zu treffen, aber einige Male hatte sie doch auch schon Erfolg gehabt.

Nor erwartete sie schon und führte sie zu einer seichten Stelle, die leicht in tieferes Gewässer abfiel. Vorsichtig näherten sie sich. Nor legte einen Pfeil auf den Bogen und spannte die Sehne. Blitzschnell surrte der Pfeil davon und blieb im Rücken eines Fisches stecken. Ebenso schnell griff Nor nach dem Fisch und holte ihn aus dem Wasser. „Versuch du es!"

Tanea mußte warten, bis die verscheuchten Fische wieder ihren Standort einnahmen. „Jetzt!" befahl Nor.

Tanea zielte und schoß ihren Pfeil ab. Sie traf den Fisch nicht. Bekümmert zog sie den Pfeil aus dem Sand. „Ich lerne das nie!"

Nor ging voraus und schwenkte seinen Fisch in der linken Hand. Tanea sah, wie er den Fisch neben den anderen legte und damit begann, sie auszunehmen und auf Zweige zu spießen. Sie wollte ihren Mißmut nicht zeigen. Irgendwann treffe ich mit meinem Pfeil auch einen Fisch, dachte sie. Ich war zu aufgeregt.

Dann suchte sie die Pflanzen, mit denen sie die Fische würzen wollte. Der junge Wolf lief hinter ihr her. Nor hatte ihn vom Feuer und den Fischen weggejagt.

Wenig später kehrte Tanea zum Feuer zurück. Sie hatte schnell gefunden, was sie suchte. Und von der herrlich duftenden, reichlichen Fischmahlzeit bekam auch der Wolf seinen Teil.

„Die Nüsse werden bald reifen", sagte sie zu Nor und wies auf die Haselsträucher, die hier reichlich vorhanden waren.

Nor nickte nur. Dann fragte er: „Weißt du, wie du neue Pfeile machen kannst? Und wie du die Spitzen der Pfeile härtest?"

„Aus den Zweigen der Sträucher?"

„Ja. Und härten kannst du sie im Feuer. Aber nur so lange in die Glut halten, daß sie nicht brennen. Dann abkühlen und abschaben, und das immer wieder, bis sie spitz und hart geworden sind."

Tanea hatte das schnell begriffen, weil sie sich daran erinnerte, wie Ezuk seine Speerspitzen im Feuer härtete. Sie erzählte Nor aber auch von den spitzen Abschlägen des Feuersteins, die man bestimmt auch zu Pfeilspitzen verarbeiten konnte. Aufmerksam hörte der Mann ihr zu.

„Vielleicht hole ich mir von Ezuk diese Steine", sagte er scherzend. Doch dann wurden seine Augen traurig. „Ich hätte dich in mein Zelt geholt, auch wenn du helles Haar hast. Du wirst bald eine Frau sein. Warum bleibst du nicht?"

Tanea spürte Nors Blicke auf sich. Ich bin eine Frau, wollte sie sagen. Wenigstens fast eine Frau. Und sie fühlte eine tiefe Zuneigung zu Nor in sich. Aber sie wußte auch, wie unglücklich sie bei den Pferdeleuten sein würde. Ihr ganzes Leben lang.

„Ich muß zurück", sagte sie. „Ezuk braucht mich."

Nor kannte die Geschichte Ezuks. Sie hatte unterwegs mit ihm darüber gesprochen. Und er hatte ihr Ratschläge gegeben, wie sie Ezuk das Reiten beibringen konnte.

„Wärst du geblieben, wenn Ezuk dich nicht brauchte?"

„Nein", sagte Tanea. Und sie wunderte sich, wie schnell ihr dieses Nein über die Lippen kam. Sie spürte die Traurigkeit Nors darüber.

Das Alleinsein fiel Tanea schwer. Nor war fortgeritten, als die Sonne aufging. Sie hatte ihm nachgeschaut, so lange sie ihn sehen konnte. Und danach hatte sie immer noch in die Richtung gestarrt, bis ihr die Augen tränten. Die beiden Pferde hielt sie am Riemen zurück, aber der Wolf rannte dem Mann hinterher, bis Tanea ihn zurückrief.

Dann suchte sie sich ihren Weg am Fluß entlang. Sie mußte oft vom Ufer zurückweichen, weil ihr dichtes Gebüsch und Bäume den Weg versperrten oder sumpfiges Gelände die Hufe der Pferde zu tief einsinken ließ. Nor hatte ihr eingeschärft, immer mit dem Fluß zu reiten.

„Es ist nicht der Große Fluß!" hatte Tanea behauptet. „Sieh doch, wie schmal er ist. Ich könnte hinüberlaufen."

„Der Fluß wird bald breiter. Kleine Flüsse stoßen zu ihm. Dann mußt du darauf achten, nicht vom richtigen Weg abzukommen."

Tanea war trotzdem unsicher. Sie fürchtete auch, die Stelle nicht wiederzufinden, an der sie ins Tal zur Höhle gehen mußte. Doch dann erinnerte sie sich an die Zeichen, die sie sich eingeprägt hatte, als sie zu weit am Großen Fluß entlanggelaufen war.

Für das erste Nachtlager suchte sie eine Stelle aus, die es den Pferden ermöglichte, sicher zum Wasser zu gelangen und zu saufen. Es war wieder ein heißer Tag gewesen. Und sie wollte endlich baden. Als sie den jungen Wolf beobachtete, der leise winselnd am Wasser entlanglief und sich nicht hineintraute, lachte sie an diesem Tag das erste Mal. Sie wollte ihn nicht zwingen, weil sie wußte, wie wenig das half.

Sie streifte ihre Kleidung ab und ging Schritt für Schritt in den Fluß hinein. Der war nicht tief, und Tanea bückte sich, um ganz einzutauchen. Das Gefühl des kühlen Wassers auf ihrem Körper war eine lang entbehrte Wohltat. Sie konnte davon nicht genug bekommen. Endlich stieg sie wieder ans Ufer. Sie suchte nach einer Stelle, an der sie Fische vermuten konnte. Nach einigem Suchen fand sie auch eine. Sie rannte, um ihren Bogen und Pfeile zu holen, hatte aber wenig Glück beim Treffen. Schließlich hockte sie sich hin und wartete bewegungslos, bis sie mit einem schnellen Griff einen Fisch erfassen und ihn auf den Uferstreifen schleudern konnte. Daraus bereitete sie sich eine Mahlzeit, von der auch der Wolf etwas bekam. Aber Tanea merkte wohl, wie wenig ihm der Fisch schmeckte. „Morgen jagen wir", versprach sie ihm, und sie war froh, wenigstens Tiere zu haben, zu denen sie sprechen konnte.

Sie hatte bei den Pferdeleuten gesehen, wie sie ihre Tiere abends mit einem Riemen anpflockten, um sie am nächsten Morgen nicht mühsam suchen zu müssen. Jetzt tat Tanea das auch mit der Stute und dem Hengst. Sie rammte mit einem großen Stein starke Äste in den Boden und band die Riemen darum. Dann zog sie das große Bündel, in dem sie die Geschenke der Pferdeleute mit sich führte, in die Nähe des herabgebrannten Feuers und legte sich daneben. Es war eine warme Nacht. Über ihr standen die Sterne, der Mond war fast rund.

Ezuk sieht den Mond auch, dachte sie und wunderte sich, warum das so war. Er war doch so weit weg von ihr.

Der junge Wolf streunte noch herum. Sie hörte ihn ab und zu aufgeregt schnüffeln. Bald wird er selbst jagen, dachte sie. Ob er dann noch bei mir bleibt?

Nach einem heftigen Gewitter schwoll der Fluß an. Die Hitze ließ nach. Tanea war froh, wenn sich der Wolf jetzt nachts zu ihr legte und ihr Wärme gab. Sie legte sich zwar auf ein Fell aus ihrem Bündel und deckte sich auch zu, trotzdem war durch das kühle und feuchte Wetter alles klamm geworden. Jetzt sehnte sie sich nach Sonne.

Der Fluß schien hier auch merklich breiter zu sein. Tanea hoffte sehr, daß Mognu und Nor sich nicht getäuscht hatten und dies auch wirklich der Große Fluß war. Unausdenkbar, wenn sie an einem anderen Fluß entlang das Tal und die Höhle suchte. Nie würde sie Ezuk dann wiederfinden.

Mutlos nahm sie morgens ihre Wanderung wieder auf. Sie redete zu ihren Tieren, dem Wolf, der Stute und dem Hengst. Ich werde die Zeichen schon finden, die ich mir gemacht habe, als ich damals zu Ezuk zurückgehen wollte. Damals hatte ich nur zwei Beine für ihn, die Krücken, die haben ihm schon geholfen. Wie sehr werden ihm deine vier Beine nützlich sein, Hengst. Du darfst ihn nicht abwerfen, wie du es anfangs mit mir gemacht hast. Ezuk hat nur ein gesundes Bein. Er könnte dann nicht wieder auf deinen Rücken steigen.

Wie wird er das überhaupt können? überlegte Tanea. Ihr fiel Ezuks Sitzstein vor der Höhle ein. Mit der Krücke könnte er sich abstützen und mit dem gesunden Bein auf den Felsen steigen. Von da aus müßte es möglich sein, sich auf den Pferderücken zu schwingen. „Und du mußt ganz ruhig stehenbleiben, Hengst!"

Es gelang ihr jetzt auch schon manchmal, einen Pfeil vom Bogen abzuschießen, der einen Fisch oder ein kleines Tier traf. Dem Wolf machte es Vergnügen, als erster bei der Beute anzukommen. Dann knurrte und jaulte er und stieß mit der Schnauze danach, bis Tanea hinzukam und dem Tier die Gurgel durchschnitt. Sie achtete aber darauf, daß der Wolf sich nicht als erster seinen Teil von der Beute nahm. Das hatte er auch ganz schnell begriffen. Sie lobte ihn dann und erlaubte ihm, das ausgeflossene Blut aufzulecken. Seinen Anteil mußte sie ihm jetzt nicht mehr vorkauen. Sein Gebiß war kräftig geworden. Sie bemerkte das, wenn er spielerisch in ihren Arm biß, jedoch ohne sie zu verletzen.

Manchmal dachte sie an die Wölfin, die sich nach dem Wirbelsturm in die Nähe der Menschen geschleppt hatte. Ich habe ihr Junges aufgezogen, dachte sie. Mit der Milch einer Stute. Meine Pferde kennen seinen Geruch und scheuen nicht, wenn er in ihrer Nähe ist. Und ich bin sicher, dieser Wolf wird niemals ein Pferd angreifen.

Mit solchen Gedanken vertrieb sich Tanea die einsamen Tage ihrer Wanderung zu Ezuk. Es war auch gut, wenn sie übte, mit dem Bogen und den Pfeilen umzugehen. Immer seltener benutzte sie ihre Wurfschleuder. Und sie dachte: Ich habe von den Pferdeleuten viel gelernt. Ezuk werde ich von ihnen erzählen, vor allem von Nor und von Mognu. Die Erinnerung an die Schamanin der Pferdeleute verursachte ihr immer noch das schmerzliche Gefühl, das sie beim Abschied gehabt hatte. Ich werde sie nie mehr sehen!

Immer wieder legte Tanea die Finger ihrer Hände in den dünnen Ast, den sie von einer Weide geschnitten hatte. Viermal paßten die Finger einer Hand schon in die Kerben. Der Fluß war breiter geworden und auch tiefer.

Tanea sah sich aufmerksamer um als in den ersten Tagen ihrer Wanderung. Und endlich erkannte sie eines Tages an bestimmten Merkmalen, daß sie auf dem richtigen Weg war. Sie schrie vor Freude laut auf. Der Hengst scheute erschrocken, und der Wolf machte einen Satz zur Seite.

Nach drei Nachtlagern fand sie die Stelle, wo der Bach in den Fluß mündete. Sie wußte: Mit den Pferden bin ich schneller im Tal bei Ezuk. Damals mußte ich laufen und die Krücken für Ezuk tragen. Diesmal tragen mich die Beine der Pferde.

Alles kam ihr bekannt vor, obwohl sie gar nicht so oft am Fluß gewesen war. Es war ihr, als müsse sie jede Biegung des Baches begrüßen. Nur noch einmal schlug sie ihr Nachtlager auf. Sie machte kein Feuer und lauschte in die Dunkelheit, ob sie die Wölfin hörte. Aber die heulte nicht in dieser Nacht.

Am Morgen lud sie der Stute das Bündel auf und schnürte es sorgfältig fest. Den Hengst wollte sie selbst reiten. Er sollte nicht mit einer Last bei Ezuk ankommen.

Je näher sie dem Tal kam, desto größer wurde ihre Angst, Ezuk könne nicht mehr da sein. Wenn ihm etwas zugestoßen war! Er konnte sich doch nicht wehren! Oder wenn Jonk und Kirka ihn doch zu den Menschen am Großen Fluß mitgenommen hatten? Wie sollte sie erfahren, wo er war? Tot oder fortgegangen?

Sie stand noch einmal alle Ängste aus, die sie je um Ezuk gehabt hatte. Dann trieb sie die Pferde zur Eile an. Sie wollte nicht noch eine Nacht im ungewissen bleiben. Endlich konnte sie ins Tal einbiegen. Die Sonne stand schon tief im Westen, als sie mit den Augen den Eingang zur Höhle suchte.

„Hoaa!" rief sie. Und noch zweimal: „Hoaa! Hoaa!"

Mit diesem Ruf hatte sich Ezuk immer angekündigt, wenn er von der Jagd heimkehrte. Und später dann, als Ezuk nicht mehr jagen konnte, hatte sie den Ruf übernommen.

Sie hielt die Hand schützend über die Augen, um besser sehen zu können. Es schien ihr unendlich lange, bevor sie aus dem Eingang zur Höhle eine Gestalt herauskommen sah. Zögernd und unsicher. Da schrie sie aus Leibeskräften noch einmal: „Hoaa!" und trieb den Hengst mit den Schenkeln zur Eile an.

Der Ruf kam von draußen. Ezuk glaubte zunächst, sein Wunschdenken habe ihn wieder einmal genarrt: sein Ruf, Taneas Ruf. Ich denke zuviel an sie, dachte er. Dann stemmte er sich aber doch an seiner Krücke hoch und ging hinaus. Der Ruf kam noch einmal. Und da entdeckte Ezuk die zwei Pferde und einen Menschen, der auf dem einen Pferd saß.

Er strich sich über die Augen, weil er dachte, er träume. Den Ruf erwiderte er nicht.

Die Pferde und der Mensch darauf kamen näher. Und er sah auch einen Wolf, der um sie herumsprang. Er glaubte einfach nicht, was er sah. Immer hatte er Ausschau nach Tanea gehalten, aber nie daran gedacht, daß auch andere den Weg in sein Tal suchen könnten. War es jemand vom Bärenclan? War es Jaka, der ihn suchte, um ihn zu töten?

Er soll nur kommen, dachte Ezuk. Ich werde ihm nicht wehrlos gegenüberstehen wie der Bärin. Meine Arme sind noch stark. Wieder schaute er hinunter zu der kleinen Gruppe. Ein Mensch *auf* einem Pferd, das konnte niemand vom Bärenclan sein. Kamen die Pferdeleute zurück? Brachten sie Tanea?

„Hoaa! Hoaa!"

Es *ist* Tanea! Jetzt erkannte Ezuk das Mädchen an ihrem hellen Haar, das im Wind flatterte.

„Tanea!"

Tanea hörte ihren Namen. So hatte Ezuk schon einmal nach ihr gerufen. Damals, als er verletzt und hilflos gewesen war.

„Ezuk! Ezuk!"

Sie sprang vom Pferd und lief die kleine Anhöhe hinauf. Sie konnte es nicht erwarten, endlich wieder da zu sein. „Ich habe dir Beine mitgebracht!" sagte sie atemlos. „Vier Beine!"

Sie zeigte auf die Pferde, die sie einfach hatte stehenlassen. Der Wolf war gleichzeitig mit ihr vor der Höhle angekommen. Er sprang an Tanea hoch. „Und einen Wolf bringe ich auch mit", sagte sie, halb lachend und halb weinend.

„Du bist wieder da", sagte Ezuk. Seine Stimme klang rauh. Er hatte lange mit niemandem geredet. „Ich wußte, du kommst wieder."

„Ich wußte es auch."

Tanea stand da und konnte sich nicht mehr vorstellen, wie sie es so lange ausgehalten hatte, von hier fort zu sein. „Ich habe dir Beine mitgebracht", sagte Tanea noch einmal und zeigte auf den falbfarbenen Hengst. „Aber du mußt erst lernen, damit umzugehen."

„Ich werde es lernen."

Ezuk holte seine zweite Krücke und ging neben Tanea hinunter zu den Pferden. Tanea freute sich darüber.

„Und einen Wolf hast du mitgebracht!"

Tanea lachte. „Einen, den ich mit Stutenmilch aufgezogen habe. Ich habe dir so viel zu erzählen, Ezuk."

Als sie unten waren, lockte Tanea den Hengst. Der kam neugierig näher und blähte ein wenig die Nüstern. Tanea dachte: Hier brauche ich die Pferde nicht anzupflocken. Sie werden bei uns bleiben.

Der Hengst wollte von seinem neuen Reiter nichts wissen, er warf Ezuk ab, bevor er richtig aufsitzen konnte. Tanea half ihm aufstehen. „Er wird dich tragen, Ezuk. Mich hat er zuerst auch nicht haben wollen. Wir werden es anders versuchen."

Ezuk staunte, als sie einen breiten Lederstreifen um den Leib der Stute schlang und festzurrte. Unten befestigte sie zusätzlich noch eine große Schlinge. „So brauchst du keinen Stein zum Aufsteigen", erklärte sie. Und sie zeigte ihm, was sie für ihn erfunden hatte. Sie hielt sich an der Mähne der Stute fest, steckte den einen Fuß in die Schlinge und schwang das andere Bein über den Pferderücken. „Du mußt versuchen, mit welchem Bein es am besten geht."

Die Stute ließ alles willig mit sich geschehen, und schließlich gelang Ezuk auch das Aufsitzen ohne fremde Hilfe. Tanea schwang sich auf den Hengst, der nur mit Mühe ruhig zu halten war. „Langsam, Hengst, Ezuk muß das Reiten doch erst lernen."

Geduldig führte sie die Stute am Riemen neben sich her und zwang auch den Hengst zu einer ruhigen Gangart. Der Wolf sprang um sie herum. Ihm gefiel dieses neue Abenteuer.

Ezuk begriff sehr schnell, worauf es ankam. Er konnte die Stute auch bald mit dem Druck eines Beines dort hinlenken, wohin er wollte. Stolz saß er auf dem Pferd und konnte gar nicht genug davon bekommen.

Tanea schlug die Richtung zur Hochsteppe ein. Nur dort konnte er lernen, wie man schnell von der Stelle kommen konnte. Sie sah es an seinem Gesicht, wie glücklich er war, sich wieder ohne Mühe von der Höhle fortbewegen zu können. Nur eine Stelle mied er: jene eine felsige Wand im Tal, wo er der Bärin und ihren Jungen begegnet war. Tanea wollte den Hengst langsam an Ezuk gewöhnen. Die Stute würde im Frühjahr ein Fohlen bekommen. In dieser Zeit könnte Ezuk dann nicht mit ihr ausreiten.

Sie zog Ezuks Beinlinge an, ein andermal wieder trug sie seinen Überwurf, oder sie legte ein Fell über den Hals des Tieres, das seinen Geruch hatte. Sie lehrte Ezuk auch ihren Ruf, mit dem sie den Hengst immer anlockte, und achtete darauf, daß Ezuk ihm oft zarte Leckerbissen auf der flachen Hand darbot. Es dauerte auch nicht lange, und der Hengst kam heran, wenn Ezuk ihn rief. Tanea hoffte, daß der Hengst Ezuk bald als Reiter dulden würde.

„Du hast viel gelernt bei den Pferdeleuten", lobte Ezuk. „Erzähle mir, wie sie leben."

Tanea berichtete, wie sie ihnen das Feuer gegeben hatte. Sie erzählte von Mognu und Nor, aber auch von Kocar, Gren und Wor. Nachdenklich fügte sie hinzu: „Aber eigentlich habe ich nie richtig *mit* ihnen gelebt, sondern nur bei ihnen. Mognu hat mich vor ihnen beschützt, wenn sie zornig auf mich waren. Ich habe vieles getan, was sie nicht begriffen. In Mognus Zelt war ich sicher. Und Mognu liebt mich, und Nor liebt mich auch ...“

„Erzähle mir mehr von Mognu und von Nor.“

„Erst von Nor“, sagte Tanea. Sie berichtete, wie er sie zur toten Wölfin geführt und daß er sie gelehrt hatte, mit dem Bogen und den Pfeilen umzugehen.

„Aber den Bogen bekam ich von Kocar. Er hat ihn vor das Zelt gelegt, so daß die anderen es nicht sahen.“

Ezuk ließ sich abends gern von Tanea über das Leben im Pferdeclan erzählen. Aber er war auch erleichtert darüber, daß sie dort nicht hatte bleiben wollen. Wenn sie von Nor erzählte, dann spürte er wohl ihre Zuneigung zu dem Mann, aber auch nicht mehr.

„Mognu hätte ich gern hier“, meinte Tanea versonnen. „Sie ist eine Schamanin. Von ihr habe ich viel gelernt, sie hätte mich auch gern bei sich behalten. Sie sagte, es wäre gut ...“

Sie sprach nicht weiter.

Ezuk hörte das Zögern. „Was, sagte sie, wäre gut für dich, Tanea? Meinte sie, du solltest nicht allein mit mir hier leben? Da kann ich ihr nur zustimmen. Mognu ist eine kluge Frau. Sie hat erkannt, wie wenig du von dem weißt, was ein Mädchen lernen muß.“

Tanea wurde heftig wie immer, wenn sie wußte, daß Ezuk recht hatte, es ihr aber unangenehm war, was er sagte. „Die Pferdeleute leben anders als wir. Aber ich möchte dort nicht Frau sein. Und ich gehe nicht weg von dir, Ezuk. Niemals. Habe ich dir nicht Beine mitgebracht? Und einen Bogen und Pfeile? Wir kommen

177

auch ohne andere Menschen zurecht. Ich bleibe bei dir. Immer."

Ezuk sah die Tränen in ihren Augen. Er hätte sie gern getröstet. Aber einmal mußten sie darüber reden. Immer hatte er es hinausgeschoben, sich von Tanea zu trennen. Er war noch einmal davongekommen, als die Bärin ihn so schwer verletzt hatte. Das Bein würde er nie mehr richtig gebrauchen können, wenn auch die Krücken und jetzt die Pferde eine große Hilfe waren, die ihn wieder selbständig sein ließ. Aber es war eine ernste Warnung gewesen, Vorsorge zu treffen, für den Fall, daß er einmal nicht mehr leben würde.

Tanea war ein Mädchen, das nun zur Frau heranwuchs. Sie hatte ein Recht darauf, auch so zu leben. Beschützt von Menschen, die sie in ihrer Mitte aufnahmen. Sie sollte einem Mann als Gefährtin folgen, Kinder bekommen, vielleicht sogar einmal eine geachtete Stellung innerhalb des Clans einnehmen. Aber wie sollte er ihr das alles in Worten sagen, die sie auch mit dem Herzen begriff?

Ihre Zuneigung zu ihm war sehr groß, zu groß. Er konnte sich auch nicht vorstellen, Tanea zu verlieren, sein Leben ohne sie weiterzuführen. Aber sie hatte ein Recht darauf, ein Dasein zu führen wie Kirka, wie Jonk, wie die anderen Menschen des Bärenclans am Großen Fluß.

Wie konnte er ihr das nur begreiflich machen, ohne ihr Kummer zu bereiten oder sie zu kränken?

„Als Jonk und Kirka mit dem Kind weggingen, haben sie mir versprochen, mit den Leuten meines Clans zu reden. Mit Arun, meinem Bruder, mit meiner Mutter, und allen, die zu mir gehalten haben. Damals. Es waren nicht viele. Jonk wollte zurückkommen und mir sagen, ob unser Totem, der *Große Bär*, versöhnt ist. Aber Jaka wird dagegen sprechen."

Tanea wußte nicht, welche Frage sie zuerst stellen

178

sollte. „Wenn das Totem versöhnt ist, kannst du dann wieder zu deinen Leuten zurückkehren?"

„Ja. Vielleicht. Aber es wird nicht mehr so sein wie früher. Und sie werden mich demütigen, wo sie nur können. Ich weiß nicht, ob ich das ertragen kann. Es sind nicht alle so wie Jonk."

„Warum ist Jaka gegen dich?"

Ezuk wischte sich mit der Hand über die Augen, wie um Bilder zu verscheuchen, die sich ihm aufdrängten. Dann erzählte er Tanea von der Zeit, als er und Jaka immer wieder miteinander in Streit gerieten, weil er, Ezuk, in allem besser war. Und er erzählte ihr auch von Wigu.

„Und Wigu hütet jetzt das Feuer von Jaka?" fragte Tanea. Als Ezuk nur dazu nickte, fügte sie hinzu: „Darüber brauchst du dich nicht zu grämen. Du hattest ja meine Mutter, und jetzt hast du mich."

„Ja, jetzt habe ich dich, Tanea. Aber ich werde dich mit Jonk zu den Menschen am Fluß schicken. Auch wenn sie mich nicht mehr haben wollen."

Trotzig schob Tanea die Unterlippe vor. Ezuk kannte das schon an ihr, und er wußte, daß er dann im Augenblick nichts mehr ausrichten konnte.

Der Tag, an dem der Hengst seinen Kopf an Ezuks Brust rieb, war für Ezuk und Tanea ein Freudentag. Behutsam legte Ezuk ihm den Riemen um den Bauch und befestigte daran die Fußschleife, mit deren Hilfe er auf das Pferd steigen konnte. Lange redete er auf das Tier ein, bevor er es wagte aufzusteigen. Tanea hielt vor Aufregung den Atem an. Der Hengst stieg zwar einmal hoch, doch dann trabte er ruhig mit Ezuk davon. Tanea schwang sich auf die Stute und folgte ihnen.

„Jetzt ist der Hengst ganz dein!" sagte sie glücklich. „Es hat sich gelohnt, geduldig mit ihm zu sein."

179

„Ich brauche starke und biegsame Zweige. Ich will einen Bogen daraus machen und Pfeile dazu."

Tanea freute sich darüber. Ihr Bogen war zu klein für einen Mann. Damit konnte er kein großes Wild erlegen. „Am Bach werden wir sicher finden, was du brauchst."

Sie ritt ein Stück mit ihm, bis sie sich davon überzeugt hatte, daß der Hengst nicht doch noch bockte. Ezuk wollte sicher mit dem Tier allein sein, um seine wiedergewonnene Freiheit zu erproben. Unter einem Vorwand kehrte sie um.

So gern Ezuk das Mädchen um sich hatte, diesmal war es ihm recht, allein zu sein. Vorsichtig lenkte er den Hengst durch den Druck seines einen Schenkels. Zufrieden nahm er wahr, wie das Tier darauf ansprach, und er gewann immer mehr Sicherheit. Tief aufatmend hätte er am liebsten sein „Hoaa!" gerufen, aber er wollte den Hengst nicht erschrecken. Später, wenn sie sich besser aneinander gewöhnt hatten.

Die Gedanken des Mannes wanderten weit zurück und weit voraus. Sie haben mich ausgestoßen, dachte er. Für sie lebe ich nicht mehr. Jeder Mann des Bärenclans dürfte mich töten, wenn er mich träfe. Ja, ich habe das Totem des Clans erzürnt. Aber ist ein Totem mehr wert als ein Menschenleben?

Vor gar nicht allzulanger Zeit hätte Ezuk sich nicht einmal gewehrt, wenn ihn einer totgeschlagen hätte. Wozu auch? Um ein elendes Leben als Krüppel zu führen, der angewiesen war auf die Hilfe eines Kindes, mit dem er im ersten Winter schon erfroren und verhungert wäre?

Ich habe mein Leben nicht mehr für wert gehalten, es zu leben, dachte er. Tanea aber hat gekämpft, um mein und um ihr Leben. Er traute ihr jetzt, nachdem sie so viel für ihn getan und erduldet hatte, sogar zu, daß sie sich und ihn durch diesen ersten schweren

Winter gebracht hätte. Tanea ist zäh und ausdauernd. Und sie ist klug.

Der Mann, der sie einmal zur Gefährtin nehmen wird, kann stolz auf sie sein.

Ezuk unterbrach seine Gedanken, weil er an der Stelle angekommen war, wo er Äste schneiden wollte, die er für seinen Bogen biegen konnte. Vorsichtig stieg er von seinem Pferd und band den Lederriemen an einem Baum fest. Er ließ ihn lang genug, damit der Hengst sich nicht eingeengt fühlte und daran herumzerrte. Mit seiner Krücke, die er immer dabeihatte, hinkte er dann mühsam zu den Büschen hin, besann sich aber und suchte erst saftiges Grün für den Hengst. Das bot er ihm auf der flachen Hand an und sprach beruhigend auf ihn ein. Ihn unangebunden grasen zu lassen, wagte er noch nicht, weil er unsicher war, ob das Tier seinem Ruf auch hier folgen und zurückkommen würde.

Dann schnitt er bedächtig mit seinem Steinmesser die Äste, die er ausgesucht hatte. Er bog sie zu einem Kreis und ließ sie auseinanderschwirren. Zufrieden bündelte er sie und lockte den Hengst. Eine tiefe Freude erfüllte Ezuk, als das Tier herankam und ihn aufsitzen ließ, ohne zu bocken.

Es ist gut zu leben, dachte er. Ich bin tief in der Schuld des Mädchens, das mit seiner Mutter zu mir kam.

Aber es ist keine Schuld, die weh tut und demütigt. Keine Schuld, die abgetragen werden muß. Jetzt kann ich wieder für Tanea sorgen. Ich werde ihr erklären, wie wichtig es für sie ist, wenn sie zu den Menschen des Bärenclans am Großen Fluß geht. Mich wird sie hier im Tal finden, falls sie mich braucht. Jonk wird sie mitnehmen. Und bei meiner Mutter wird sie lernen, was eine Frau wissen muß.

Ich werde für dein Kind entscheiden, Tanea, dachte

181

er. Und dann fiel ihm ein, daß er seit langem in seinen Gedanken Taneas Mutter wieder mit dem Namen angesprochen hatte, den er ihrer Tochter gegeben hatte.

Der Sommer neigte sich dem Ende zu. Tanea merkte es auch am Gras, das trockener wurde und an Farbe verlor. Sie war unermüdlich unterwegs, um Wintervorräte heranzuschaffen, auch für die Pferde. Wenn der Boden erst gefroren war und Schnee fiel, dann konnten sie nichts mehr finden. Sie war froh, unterhalb der Höhle einen kleinen Felsvorsprung zu entdecken, wo sich die Tiere im Winter unterstellen und Schutz finden konnten.

Ezuk sorgte für ausreichend Fleisch, das Tanea in dünne Streifen schnitt und trocknete. Wenn er von der Jagd zurückkehrte und sein „Hoaa!" rief, dann wußte sie, wie stolz und zufrieden er war. Es war dann nicht schwer, der Stute die Rutsche anzuhängen und die Jagdbeute heimzubringen. Tanea wunderte sich manchmal, wie sie das früher, ohne die Pferde, zuwege gebracht hatte.

Die Häute spannte sie, mit dem Fell nach innen, auf Gestelle, die Ezuk gebaut hatte. So hatte sie es auch bei den Pferdeleuten gelernt, die nicht immer ausreichend Zeit gehabt hatten, die Felle sofort weich zu gerben. Das hatte Zeit bis zum Winter, wenn sie nicht hinaus konnten. Tanea hatte von Mognu erfahren, wie die Frauen des Pferdeclans ihre Felle so weich bekamen. Das wollte sie auch versuchen. Ganz gewiß.

Überhaupt weilten in diesen Tagen, als der Sommer zu Ende ging, ihre Gedanken viel bei denen, die nicht bei ihr und Ezuk waren.

Sie suchte nach den Kräutern, die ihr Mognu gezeigt hatte, und wiederholte auch immer die Namen dafür und wofür sie gut waren. Manchmal war sie im Zweifel, ob sie sich auch alles richtig gemerkt hatte. Dann suchten ihre Gedanken die Schamanin, und dann fand sie die Antworten, die sie schon einmal gewußt hatte.

Nachts lauschte sie oft nach draußen. Wenn das Heulen der Wölfin zu hören war, faßte sie nach dem Bernstein an ihrem Hals und spürte dessen Wärme. Sie wünschte sich sehr, daß der Geist ihrer Mutter in der Wölfin wohnen möge. An der Jagdbeute, die Ezuk mitbrachte, sah sie, daß er ihr immer einen kleinen Anteil überließ.

Für den Wolf, der im Laufe des Sommers ein kräftiger junger Rüde geworden war, brauchte sie kein Futter mehr. Der versorgte sich selbst. Er kehrte aber immer wieder zu ihr, zu Ezuk und den Pferden zurück. Manchmal begleitete er sie oder auch Ezuk. Ich würde ihn sehr vermissen, wenn er wegbliebe, dachte Tanea.

Sie bemerkte auch, wie sehr Ezuk auf Jonks Rückkehr wartete. Ihr war es recht, wenn er nicht kam oder erst im nächsten Frühjahr. Aber Ezuk war voller Ungeduld.

„Sie werden unsere Pferde nicht haben wollen und den Wolf nicht bei sich dulden", wandte Tanea oft ein, in der Hoffnung, Ezuk würde von seinem Plan, sie zu den Menschen am Fluß zu schicken, Abstand nehmen.

Ezuk sagte nichts dazu. Er war wortkarger geworden und nachdenklicher. Aber Tanea vermutete, ihm werde die Trennung von ihr auch schwerfallen. Sie horchte auf seine Atemzüge, wenn er auf seinen Fellen lag und das Feuer schon für die Nacht bedeckt war. Dann stellte sie sich vor, wie es sein würde, woanders zu leben.

Mit Mognu zusammen in einem Zelt zu sein, wünschte sie sich oft. Auch mit Kirka und Jonk würde sie gut auskommen. Und das Kind hätte sie auch gern in ihren Armen gewiegt. Wie groß mochte es jetzt sein? Ob es schon laufen konnte?

Manchmal träumte sie von Mognu. Einmal, als Tanea aus dem Halbschlaf in den Schlaf sank, hörte sie die Wölfin heulen, und Mognu stand vor der Höhle. Sie zeigte ins Tal, ohne etwas zu sagen. Dann sah Tanea Ezuk herankommen. Er ging aufrecht und schnell, ganz ohne Krücken.

„Wir werden den Winter hier verbringen müssen", sagte Ezuk, aber Tanea hörte kein Bedauern darüber aus seinen Worten heraus.

„Wir haben gut vorgesorgt", meinte Tanea. „Von unseren Vorräten bekämen wir auch Jonk und Kirka noch satt."

Es war nach herbstlichen Regentagen noch einmal warm und sonnig geworden. Ebenso schnell konnte es aber auch wieder naß und kalt werden oder gar Frost geben. Die Herbsttage waren so schnell vergangen. Tanea hatte viel Holz herangeschleppt, mit der Stute war es leicht gewesen, auch von weit her Brennholz zu holen.

In großen Beuteln, die sie dem Tier umhängte, hatte sie Nüsse gesammelt und in Körben Beeren und Wurzeln, die sie für den Winter zum Trocknen ausgelegt hatte. Arbeit hatte es genug gegeben. Nun freute sich Tanea fast auf den Winter. Es würde mehr Zeit bleiben für sie und Ezuk.

Ezuk saß auf seinem Stein vor der Höhle und spannte auf den Bogen eine neue Sehne. Neben sich hatte er auf einem Fell Feuersteinabschläge ausgebreitet, die lang und spitz waren. Damit wollte er die Pfeilspitzen noch treffsicherer machen. Unten im Tal suchten sich die Stute und der Hengst ihr Futter. Wenig genug war es mittlerweile geworden. Ich werde ihnen bald von dem Heu geben müssen, überlegte Tanea.

Da hörte sie den Ruf: „Hoaa! Hoaa! Hoaa!"

Verwirrt schaute sie auf Ezuk. Der konnte nicht gerufen haben. Der Ruf kam aus dem Tal herauf. Jonks Ruf war anders.

Tanea rannte nach draußen und schaute in die Richtung, in die Ezuk wies. Er konnte kein Wort herausbringen.

Da sah sie Ezuk zweimal. Einmal neben sich und einmal unten im Tal. Er schritt kräftig aus und rief noch einmal sein „Hoaa!"

Wo waren die Krücken? Warum saß er nicht auf dem Hengst? Tanea schaute auf Ezuk und auf den Mann, der Ezuk so sehr glich. Auf einmal rief Ezuk, so laut er konnte: „Hoaa! Hoaa! Hoaa!"

Der andere Mann rief es wie ein Echo zurück.

Ezuk stützte sich auf Tanea und schaute dem Ankommenden entgegen. „Das ist Arun. Mein Bruder", sagte er. Seine Stimme war heiser, und der Arm, mit dem er sich auf Taneas Schulter stützte, zitterte.

Als Arun bei ihnen angelangt war, spürte sie sofort die Herzlichkeit, die er Ezuk entgegenbrachte.

„Ich konnte nicht eher kommen", sagte er entschuldigend. „Du weißt ja, jeder Jäger wird gebraucht. Jetzt werde ich den Winter bei dir verbringen. Ich denke, die Zeit wird uns schnell vergehen. Am Fluß liegt mein Boot. Es wird uns nach der Schneeschmelze schnell zu den Unseren bringen."

Tanea hatte sich in die Höhle zurückgezogen. Sie wollte Ezuk und Arun nicht stören. Jetzt hörte sie, wie Ezuk fragte: „Sie wollen mich wieder bei sich dulden? Mich, den sie ausgestoßen haben?"

Empört wollte sie sich schon in das Gespräch einmischen. Wieso dulden? dachte sie. Sie können froh sein, einen Mann wie Ezuk in ihrem Clan zu haben!

Das sagte Arun ernst: „Die Tage, wo Jaka die anderen aufwiegeln konnte, sind längst vorbei. Wir können deine starken Arme gut gebrauchen, Ezuk." Dann fragte er: „War das Tanea, die vorhin bei dir stand?"

„Ja, das ist Tanea!"

Tanea stellte sich jetzt wieder neben Ezuk und sah Arun forschend in die Augen. Sie war zufrieden, als sie darin Freundlichkeit fand. Dann faßte sie Mut und sagte: „Ezuk wird dein Boot nicht brauchen. Er hat vier Beine, auf denen er zu seinem Clan zurückkehren kann."

Sie wies auf die Pferde. „Und er hat schnelle Waffen, mit denen er jagt. Du wirst es schon sehen, wenn du im Winter bei uns lebst."

Überrascht schaute Arun auf das hellhaarige Mädchen, das so selbstbewußt vor ihm stand. Er wußte von Jonk und Kirka, was sie für Ezuk getan hatte und auch für Kirka. Nur hatte er fast nicht glauben können, was die beiden ihm erzählt hatten.

„Das ist Tanea", sagte Ezuk noch einmal. „Sie hat der Bärin mein Leben abgerungen."

Arun schaute sie lange an, als ob er sich an etwas erinnern müsse. Dann sagte er: „Ihr werdet im Bärenclan bei den Menschen am Fluß willkommen sein, Tanea. Du und mein Bruder."

Wort- und Sachverzeichnis

Amulett: magischer Anhänger, der seinem Träger Glück bringen und Schutz und Kraft verleihen soll. Wird am Körper getragen.

Arbeitsteilung zwischen Männern und Frauen gab es schon sehr früh. Während die Männer zur Jagd gingen, für die Herstellung von Waffen und den Schutz des Clans zuständig waren, fiel den Frauen neben der Zubereitung und Haltbarmachung der Speisen auch die Bearbeitung der Felle, das Sammeln pflanzlicher Nahrung, Heilkunde und Kindererziehung zu.

Clan: auch Sippenverband oder Horde. Gruppe von Menschen, die durch verwandschaftliche Beziehungen miteinander verbunden ist.

Fellbearbeitung: Felle und Häute mußten abgenagt, dünngeschabt und während des Trocknens ständig geklopft und gewalkt werden, damit sie geschmeidig blieben. Eine Methode des Gerbens war auch schon bekannt. Es wurden pflanzliche Gerbstoffe aus Eichen-, Fichten- und Weidenrinde benutzt, später auch Mineralien, z. B. schwefelsaure Tonerde.

Felsbildkunst: naturgetreue, figürliche Darstellung von Tieren, die die Rolle des Tieres in der Vorstellungswelt des Steinzeitmenschen widerspiegeln. Das Tier als Wirtschaftsfaktor, Feind, Freund, Totem, Geschlechtssymbol, Gottheit ...

Fettlampe: In einer Schale aus Stein oder Knochen wurden ölige Tierfette langsam abgebrannt. Als Docht verwendete man gedrehte Pflanzenfasern.

Feuer: Die Menschen entdeckten den Gebrauch des Feuers vor ca. 500 000 Jahren. Drei Stufen lassen sich unterscheiden: 1. Suche eines natürlichen Feuers (z. B. Blitzeinschlag), 2. Bewahren eines natürlichen Feuers (z. B. Pferdeclan) oder 3. durch Reibung Feuer erzeugen (letzteres vermutlich erst in den letzten 100 000 Jahren bei einzelnen Gruppen). Feuer durch Reibung konnte mittels eines ‚Quirls‘ entfacht werden, der sehr schnell in ein trockenes Holzstück gebohrt wurde. Später wurde dazu Feuerstein verwendet, ein sehr hartes Quarzgestein aus der Kreidezeit.

Höhlenbären und Mammuts waren wichtige Tiere für die Menschen der Steinzeit. Beide Tierarten starben vor ca. 10 000 Jahren aus. Höhlenbären hielten Winterschlaf und waren dadurch relativ leicht zu erlegen. Mammuts wurden bis zu 4,5 m groß. Diese Tiere lieferten den Menschen sowohl Nahrung, Kleidung als auch Materialien für den Zelt- und Wohnungsbau.

Höhlenkult: wurzelte wahrscheinlich im Glauben an eine Wiedererstehung des erlegten Jagdtieres in der Unterwelt, als deren Zugang die Höhle angesehen wurde.

Jagd: Die Menschen der Steinzeit waren oft Nomaden und stark vom Jagdglück abhängig. Bei größeren Tieren (z. B. Mammut) war eine gemeinschaftliche Jagd erforderlich. Manchmal wurden Tiere auch in Fallen gelockt oder auf einen Abgrund zugetrieben, den sie denn hinabstürzten.

Jagdwaffen: waren unter anderem Speere mit Stein- oder Knochenspitzen, Speerschleudern, später auch Pfeil und Bogen.

Kleidung: wurde in der Steinzeit aus den Fellen und Häuten der erbeuteten Tiere gefertigt. Die ersten Nadeln wurden vor etwa 20 000 Jahren benutzt. Sie waren aus Knochen gefertigt und hatten später auch ein Öhr. Die Steinzeitmenschen nähten nicht nur Kleidung aus Fellen und Häuten, sondern auch Zeltplanen und Wassersäcke, und sie fertigten ‚Kochtöpfe' aus Leder.

Kochen: In die mit Leder ausgelegten Kochgruben wurden stark erhitzte Steine gelegt, die das Wasser zum Sieden brachten. Auf diese Weise konnte man Suppen aus Fleisch und Gemüse kochen. Fleisch wurde an Spießen gebraten.

Nomaden: Angehörige wandernder Hirtenvölker. Nomadische Gruppen sind das ganze Jahr mit ihren Familien und Herden unterwegs. Sie folgen traditionell festgelegten Wanderwegen mit festen Stationen.

Orakel: Zukunftsdeutung, Schicksalsspruch, rätselhafte Aussage über zeitlich oder räumlich Entferntes, Rat zu rechtem Handeln in zweifelhaften Situationen.

Schamane: religiöser Mittler zwischen den Menschen und dem Jenseits. Er verfügt über Kenntnisse der Geisterwelt, der Traditionen und Mythen seines Volkes und der Heilkunde. In der Heilung Kranker besteht auch eine seiner wichtigsten Aufgaben: Versorgung von Knochenbrüchen und Wunden, einfache chirurgische Eingriffe, Kräuterheilkunde, Heilgebete ...

Totem: ein Tier, eine Pflanze oder ein Naturphänomen, zu dem sich ein Mensch beziehungsweise eine Gruppe in besonderer Beziehung sieht. Das Totem wird als zauberischer, Schutz gewährender Helfer verehrt und darf nicht getötet oder verletzt werden. Das Totem ist ein starkes Bindeglied innerhalb einer Gruppe. Besondere Kulte und Riten festigen die Einheit der Gruppe nach außen.

ISOLDE HEYNE

wurde 1931 in Prödlitz bei Aussig geboren. Durch die
Nachkriegsereignisse kam sie nach Sachsen und lebte
dann in Leipzig, wo sie auch studierte. 1979 entschloß
sie sich, künftig in der Bundesrepublik Deutschland zu
leben. In den folgenden Jahren entstanden bemer-
kenswerte Kinder- und Jugendbücher, unter anderem
„Treffpunkt Weltzeituhr" (Deutscher Jugendliteratur-
preis 1985) und „Sternschnuppenzeit" (Buxtehuder
Bulle 1989). Ihre Bücher sind in viele Sprachen über-
setzt worden.

Im Loewes Verlag erschienen bisher von Isolde Heyne
„Gewitterblumen", „Hexenfeuer", „Imandra", „Leselö-
wen-Sandmännchengeschichten", „Leselöwen-Traum-
geschichten" und „Leselöwen-Christbaumgeschich-
ten".